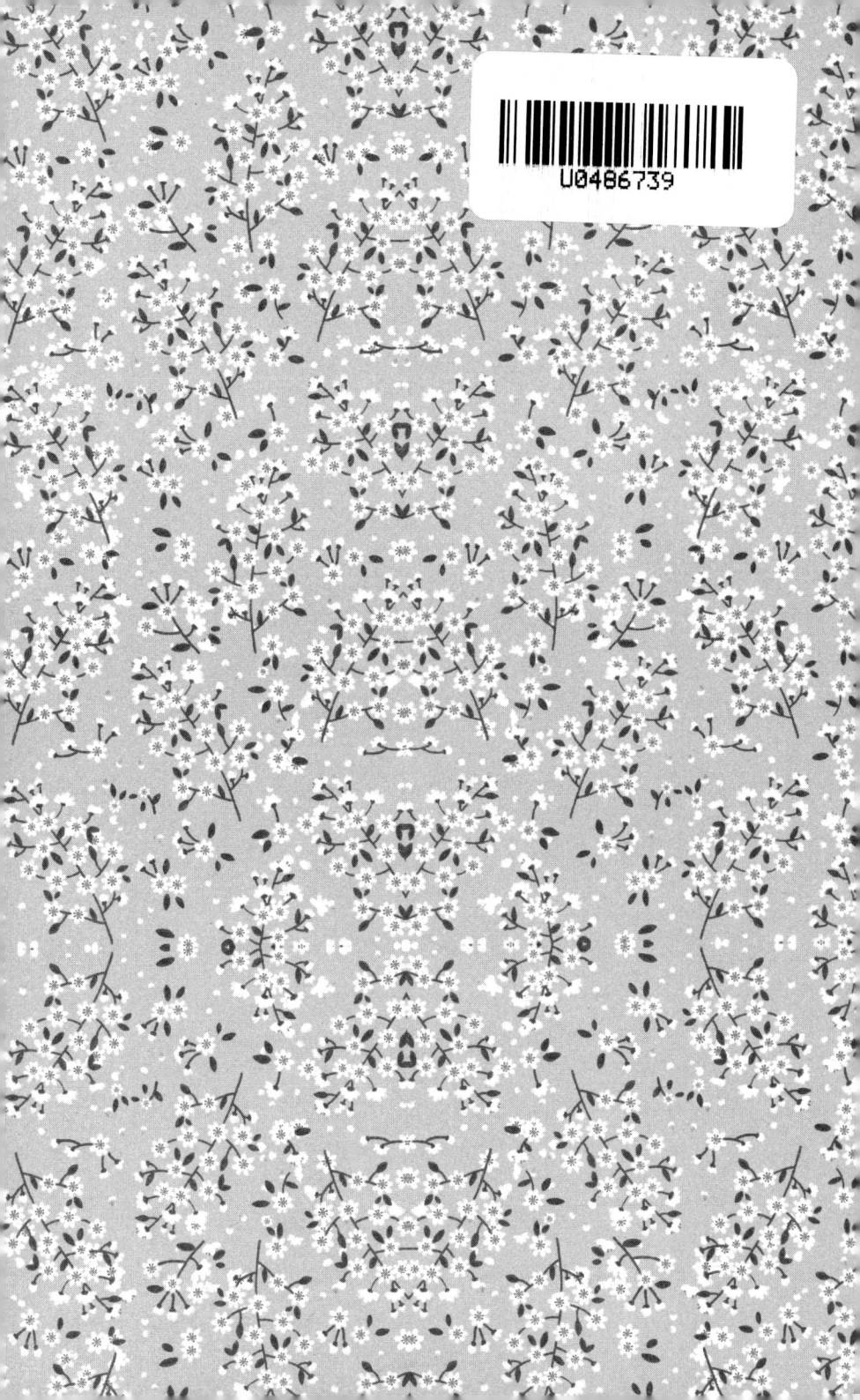

FLORET
READING

小花阅读

我们只写有爱的故事

青春阅读　幸得相见

打伞的蘑菇 | 小花阅读签约作者

喜欢一些莫名其妙的东西并且致力于带偏周围所有朋友的审美,擅长一本正经地胡说八道。
梦想有一天能考到蘑菇鉴定资格证,做世界的蘑菇 king。
伙伴昵称:伞哥,伞伞

已出版:《小幸运》《盗尽君心》《四海为他》《深爱如长风》
即将出版:《春风集·我愿人长久》

SHENAIRUCHANGFENG

深爱如长风

打伞的蘑菇 著

花山文艺出版社

小 花 阅 读
【春风十里】系列

FLORET
READING
▼

《寥若晨星》
过云雨 著

标签：邂逅与重逢｜当温柔多金遇上爱情洁癖｜遥不可及的两心相悦

内容简介：
日本金阁寺下一场美丽邂逅，爱的种子悄悄发芽。
他，是摄影界新贵，是家族企业继承者，但却背负着婚姻不许自由的枷锁；
她，是巧手女画师，是爱情精神洁癖者，可偏偏控制不住奔向他的心。
他和她，一见钟情，许多磨难。
当黑色阴谋强势插手，当家族企业因为他的心动摇摇欲坠，矢志不渝的爱恋是否还能像樱花一样绚烂？

《深爱如长风》
打伞的蘑菇　著

标签：掩埋的爱与真相｜深情警探与不祥少女｜被遗忘的一见钟情

内容简介：

乔粟觉得自己是不祥之人，跟她扯上关系的人都没有好下场。洑水巷恶意杀人事件，冰美人连环杀人案……幕后黑手不断在她身边制造凶杀案。

当挚友因她而死后，坚强如乔粟也陷入了绝望。这时，奔赴千山万水去救她的人正是季南舟！

她爱上了季南舟，誓要将凶手绳之以法，却不知凶手与他们息息相关。

再也不愿放过他们！

《此去共浮生》
晏生　著

标签：十几岁的恨与喜欢｜沉默少年VS跳脱少女｜这个男生很长情

内容简介：

十几岁的年纪，会那样喜欢一个人，又那样恨一个人吗？

顾屿不知道，他只知道作为私生子,他尝尽了世间的人情冷暖。米沉是第一个走进他世界的人，情之所起，此生便不能再忘。

黎岸舟不知道，他是恨米沉的，一夜之间家破人亡，这都是米沉父亲的杰作，可是手握米父受贿证据的他，却害怕这个他从小喜欢的女孩儿和他一样没有了家。

可最终他仍将这个用骄傲守护的女孩儿推入了深渊……

当青春落尽，那些被压抑、被伤害的昨天，是否会让他们遗失了彼此？

《幸而春信至》
狸子小姐　著

标签：婚后甜宠｜软萌慢热小白兔VS高智商狐狸美男｜日久生情

内容简介：

大学追了四年，出国留学念念不忘又四年，谭梓陌觉得自己可能一辈子都要栽在阮季手上了。

可一夜醉酒醒来，却看到阮季睡在身边，还答应了他的求婚。果然，当查出怀孕是个大大乌龙时，这个慢热的小白兔还是提出了离婚。

可是小白兔阮季又怎能逃离得了狐狸谭梓陌的手心呢？

这一次的谭梓陌变得更加狡猾，眼里写满了算计，欲擒故纵，温柔情话……

《但使洲颜改》
鹿拾尔　著

标签：死而复生的谎言｜当追凶少女遇见绯闻凶手｜为你怼翻全世界

内容简介：

大学教授的遗体在月色中变成了年轻的神秘男子！

目睹一切的颜小弯比任何人都震惊，因为此人正是五年前特大爆炸案的嫌疑人，让她家破人亡的罪魁祸首——覃洲木。

她深入调查案件，却没想到覃洲木竟然出现在她面前，告诉她神秘男子是他的孪生弟弟！

黑暗浪潮袭来，他们一次次徘徊在生死边缘，无法自拔地爱上了彼此。

直到最后才发现真凶另有其人……

作者前言
不论风走多少里

写这个故事的时候，我们在微信群里聊得热闹。我问："新故事要取个什么名字好？"

琳达就开始查字典、翻《诗经》、搜古辞，最后列举了一百个。我很奇怪，为什么一百个名字里面，每一个都有"风"这个字？

琳达说："是巧合、意外，就像人生一样。"

露露说："刮风的时候，修飞机才爽。"

姜辜小姐说："那不如叫……叫什么，我忘了。"反正她没一句正经话，什么"大风起兮云飞扬""长江后浪推前浪"之类的不列入参考范围，我希望她能好好反思一下自己。

后来，我冥思苦想了一晚上，终于敲定了一个为男女主量身打造的名字——"探索轴对称的奥妙"（我乱讲的，吐舌头）。毕竟，乔粟、季南舟，这几个字刚好都是轴对称（哦，很牵强）。

所以，写这个故事的时候，看见轴对称的东西，比如十五的月亮，总是忽然之间有股冲动，想站在八十五楼的阳台，对着全世界大声说："我宣布，他们注定会在一起。"

不信你看，他们连名字都这么配。

不过那又怎样，我也只是想想而已。大部分的时间里，我还是清醒的，知道自己不住八十五楼，也不是每天都有月亮，轴对称暂时还没有什么奥秘可以探索。

他们在不在一起，对不对称，我做不了主。

最后，我只能狠狠地浪费了琳达的一片苦心，把她给我想的一百个名字连同轴对称放回书山辞海里。

不要了，全不要了。

然后，这个故事就有了新的名字——正如现在你看到的那样。

（放心吧，琳达小公主不难过，她给露露取的一万个名字也没有用上。现在只能去姜辜小姐那儿试试了。不过，我已经为姜辜小姐的下一本书想好了名字，就叫"威猛先生的大杂院子"，看，多么美妙！）

嘻嘻。

那个时候微博上还有一段很火的文字，起源于一个叫作"菊平姐姐说你好"的ID。她说："我还是很喜欢你，就像风走了八千里，不问归期。"

然后这段文字就火了，评论下面全是诗人。少年们藏在心底千回百转的爱意变成最深情柔软的言语。（不过，我最中意的是另外一句——我还是很喜欢你，就像你妈打你，没有道理。）

所以我想啊，这个世界上有千万种你喜欢的样子，像日月交替、云泊万里，又像巴山夜雨、盛夏蝉鸣。

而对于季南舟来说，深爱如长风，是不论风走了多少里，最终总会找到你。

季南舟说完这句话就被乔粟踢了一脚，嫌太肉麻。但是这并不影响他看不起宋续燃，那种连标题都不配拥有的人，他固执地认为宋续燃对乔粟是浅喜似苍狗，就跟云一样变来变去，毫无定性，比不上他。

乔粟讲："要你管？"

季南舟："你确定？"

我在一旁鼓掌，鼓着鼓着有了新的想法，宋续燃的浅喜似苍狗，季南舟的深爱如长风，不如书的名字就叫——风云雄霸天下！

天啊，太棒了！

不过也不是没道理，我听说，只要这个世界上还有太阳，空气尚存，那么风永远都不会消停。

所以啊，它一定会找到你。

看吧，终于来了。

那么，谢谢你，一直不厌其烦地站在这里。现在，就由我来代替这个故事，悄悄地对你说——

嘿，找到你啦！

打伞的蘑菇

目 录

【第一章】
沧海一粒粟 · · · · · · · · · · · · · 001

【第二章】
浮生一叶舟 · · · · · · · · · · · · · 024

【第三章】
明月何皎皎 · · · · · · · · · · · · · 042

【第四章】
返景入深林 · · · · · · · · · · · · · 068

【第五章】
三月弥生至 · · · · · · · · · · · · · 090

【第六章】
明月照罗帏 · · · · · · · · · · · · · 115

Contents

【第七章】
冬风余几许 · · · · · · · · · · · · 142

【第八章】
思念如深海 · · · · · · · · · · · · 169

【第九章】
风暖寒将暮 · · · · · · · · · · · · 195

【第十章】
浅喜似苍狗 · · · · · · · · · · · · 219

【第十一章】
深爱如长风 · · · · · · · · · · · · 234

【番外一】
三二一,你愿意吗? · · · · · · · 265

【番外二】
简单点儿,爱我 · · · · · · · · · · 272

我坠入深渊，拒你千里之外。
而你若长风，为我呼啸而来。

第一章

沧海一粒粟

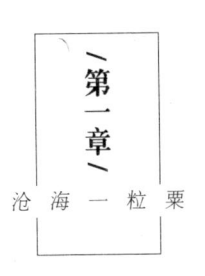

01

晚上十点，Akira 机场。

轰鸣的飞机在城市的上空划开一道弧线。远远地，声音听起来像是平静的海面忽然掀起的一层细浪，一阵一阵地拍打着岸边的礁石。

乔粟背着工具箱从机修仓里出来，回过头，看到外场昏黄迷离的灯光下，几辆专用车子已经开始听从指挥忙碌起来。

一架飞机被从机库里拉到停机位，另一架飞机滑过长长的跑道昂首离地，一瞬间，飘浮的空气在巨大的机身周围叫嚣起来，撞上逆流吹来的风。

她抬起手腕看了眼时间，十点十分，何皎皎差不多也快到了。

从日本回来的国际航班在 T2 接机口，乔粟围着机场绕了好几圈儿也不知道在哪儿，后来还是问工作人员才找到的。

她向来没什么方向感，在这个机场工作了三年，除了机修仓和停机坪那块，很难记清楚其他地方的具体位置。

宋续燃不止说过她一次，明明很聪明的姑娘，脑容量却全部用在飞机上了，而在生活上就变成一个无脑的白痴。

不知道是夸她还是损她，不过，的确也没有说错。

乔粟找过去的时候，接机口的人已经散去了一些，她正奇怪着，才看见出口电子屏上显示着航班延误，大概还有半小时的样子。

她将工具箱斜挎在身侧，走到玻璃窗边。外面是空旷的机场跑道，抬起头可以看见夜空中一闪一闪的光，却没有星星。

宋续燃在，应该没什么事吧？他好歹是领导眼里年轻有为、风度翩翩的钻石机长。

乔粟靠在栏杆上，两只手揣在上衣口袋里，有些无趣地用脚尖蹭着地面。

手被口袋里的纸张磨得有些痒，她把纸掏出来，上面写着何皎皎的航班信息，还有一些自己的值班时间。都是宋续燃怕她忘了，趁着今天白天打电话的时候，特地嘱咐她记下来的。

毕竟对乔粟这样打死都不愿意用手机又容易忘事的人来说，逮着一次机会能给她灌输的信息量自然是越多越好。

乔粟大致看了一眼，满满的一张纸只剩下一条是有用的——深夜三点的值班。不过，一开始她的工作是排在今天下午，却被宋续燃调到了晚上。

乔粟有点儿怀疑，宋续燃是不是故意要折磨她。

她把纸放在手里扯了扯，抹平整了，然后对折，再摊开，最后沿着痕迹再翻折几次，一架纸飞机便在手里成形。

　　周围的灯光照在机身上显得轻盈通透，乔粟举起来，模拟着飞机的飞行轨迹。余光里却瞥见一个小男孩儿，不知道什么时候走过来的，圆圆滚滚的，像一个团子。

　　"姐姐。"

　　乔粟偏头看他。

　　"我想玩儿你手里的纸飞机。"

　　乔粟看了眼时间，大概只是一时兴起吧，她招呼着他过来，然后蹲下来，看着他黑溜溜的眼睛，嘴角扬起一个笑。

　　"是吗？可是我也想玩儿哎。"

　　"可我是小孩子。"男孩儿偏着头，理所当然的样子。

　　乔粟拍了拍他的头，没错，还是一个挺可爱的小孩子，就是有些熊，也不知道谁教他全世界都要围着小孩子转这种事的。

　　况且，她不喜欢这样无条件地索取，从小就是。

　　她笑着揉乱了他的头发："姐姐也是小孩子。"

　　男孩儿看了她半天，圆圆的面包脸上小小的五官皱在一起，好久才闷闷地憋出几个字："那好吧，既然都是小孩子，那么男孩子只能让着女孩子了。"

　　乔粟心里"咯噔"一下，似乎有什么从脑海里一闪而过，可是却没有抓住。

　　她应道："对。"然后，举起手中的飞机，对着飞机头哈了口气，用力射出去。

　　那个时候，乔粟一直没能明白，明明是室内，那么又是从哪里忽然吹来的一阵风,像是忽然坠入空旷的山谷,风在耳边一瞬万里,不问归期。同时伴着飞机划开空气的声音。

纸飞机飘飘摇摇地坠落下来,还顺着光洁的地板滑行了一小段,最后停在一双黑色的军靴旁边。

乔粟皱了皱眉,平稳的纸飞机忽然掉下来,似乎有些不吉利。

她顺着那双黑色军靴慢慢地往上看去。

是一个男人,挺好看的一张脸,深色的衣服,身材也不错,裤腿随意地塞在军靴里。此时,那人正环胸侧靠在墙上,纯黑色的眼睛仿佛一汪深潭,正远远地看过来。

目光相遇,乔粟一顿,莫名其妙的感觉涌上心头。

很熟悉,却又记不起来,好像只是自己的错觉而已。毕竟,他这个长相、气质,乔粟再怎么健忘应该还有些印象,不至于像现在这样,有一种久别重逢自己却失忆了的感觉。

乔粟收敛了脸上的表情,站起来理了理边角有点褶皱的衣服,朝着身边的小男孩儿说道:"去,那架飞机就是你的了。"

"飞机不是我的,季南舟才是我的!"奶声奶气的声音却带着分外笃定的腔调。

乔粟一头雾水,根本没听清他在说什么。

直到他迈着小短腿兴冲冲地跑过去,又说了一遍,她才听清楚,他说的是那个男人的名字——季南舟。

季南舟才是我的?

"季南舟!"小男孩儿扑到男人的腿上,"我和爸爸都想你了!"

我和爸爸？

乔粟背后渗出一阵冷汗，脑袋里瞬间闪现出一些分外狗血的剧情，她打量着对面的男人，禁忌之恋？跨越世俗？

可是，也不像啊！

赶在季南舟看过来之前，乔粟收回了自己的目光。"季南舟"这三个字也算是在她的记忆里存在过三秒了。

她拍拍手，转过身走远了点儿，站在离他们十米开外的栏杆边，试着尽量忽略那边的男人和小孩儿。

02

季南舟瞥了眼那道背影，深蓝色的连体工装，外面套着一件黑色的棉衣，帽子上有一圈棕色绒毛，站在灯下像是被镀上了一层光。

他嘴角扬起似笑非笑的弧度，她的目光应该还可以再直白一点儿。

季南舟抱起地上的小孩子："几天没见，小兔崽子又沉了。"

"季南舟，你给我带的礼物呢？"

季南舟头皮一紧，所有的注意力收回来，他还真给忘了。

他连夜开车从和歌山赶回来，白天忙了一整天，现在还要马不停蹄地来接机，中间连气都没喘一下，哪里还记得这事。

不过，季南舟也是人精，他瞥了眼地上的纸飞机，将小兔崽子放下来。

"教你折飞机怎么样？"他弯腰捡起地上软塌塌的纸飞机，拿着晃了晃，"礼物就是教会你折飞机，以后就不用向别人讨要了。"

一道诡异的目光从前方射过来。

季南舟稍稍抬眼,不用猜也知道是她。

小孩子似懂非懂,大概是听到"飞机"两个字就已经按捺不住了,倒还真的被糊弄住了,点点头,一脸虔诚地盯着季南舟手上的动作。

季南舟将纸重新摊开,凌乱的字迹次第排开,依稀可以看见"乔粟"两个字,龙飞凤舞地躺在纸上。

季南舟笑:"折纸飞机呢,机头必须要重,令飞机可以平稳地飞行,在机头上夹上万字夹可以让飞机飞得更远。如果因为机头太重而向下降,可以把机翼的后边轻轻向上拉伸。"

季南舟说着,手上的动作也毫不含糊,小男孩儿懵懵懂懂地没听完,季南舟已经将折好的飞机递给他:"试试?"

"可是我没听懂哎。"

"没关系,"季南舟将纸飞机塞进他的手里,"最重要的还是最后这一口气,我要教你的就是这个。"他说得一本正经,"厉害的人,哈完这口气,飞机就可以飞得越远。"

小男孩儿若有所思地看了一眼身后的乔粟:"那你的意思,那个小姐姐,是垃圾吗?"

"谁教你这样的词的?"季南舟忍着笑推他的头,似乎丝毫不在意那边越发凌厉的目光。

"爸爸!"小男孩儿回答得敷衍。

"没错,挺形象的词。"

小男孩儿兴冲冲地接过季南舟手里的飞机,学着乔粟刚刚的样子,深深地哈了一口气,然后微微用力,飞机平稳地划开空气,载着灯光一路飞出去。

"啊！"

乔粟伸手，毫不费力地接住。纸张在她手里微微发皱，小男孩儿软软糯糯地"啊"了一声。

"无聊。"淡淡的两个气音刚溢出来，那边屏幕上的航班状态已经变成抵达了。

小男孩儿拉起季南舟："季南舟，接爸爸去了！"

季南舟回头看了乔粟一眼，乔粟莫名地心虚。

这个人，怎么说呢，总觉得他有些不一样，特别是那双眼睛，太过深邃，瞳孔里的黑色仿佛能把人带到另外一个世界。

可是，笑得又太过邪气。

乔粟走上去，站在离他不远的地方，双手插在口袋里，尽量使自己看起来不那么好亲近，不过，她本来就不怎么好亲近。

接机口陆陆续续有人出来，乔粟望了一阵，直到人差不多走光了，也没见何皎皎出来。更糟糕的是，季南舟似乎也没等到要等的人。

"没事吧？"

"没事，中途颠得厉害，我差点儿就想写遗书了。"

路人三三两两的低语落在乔粟的耳边，乔粟心里一顿，果然是遇到问题了，那何皎皎她……

乔粟尽量让自己平静下来，她缓了片刻，反正又没死。

应该没死吧？她紧紧地盯着出口。

"死不了。"

一道低低的声音在身后响起。乔粟回过头，季南舟不知道什么时候走过来了,扫了她一眼,又继续往前走去。

虽然是让她宽心的话,可是乔粟总觉得他语气里有些嘲讽。

她看着他的背影。

"罗小刀!"有人朝这边喊了一声。

循声望过去,长长的廊道里出现一个男人,姜黄色的毛衣,个子很高,眉目如峰,整张脸却又呈现出一种异样的柔和。

"爸爸!"

被叫作罗小刀的男孩儿跑过去,扑进那人怀里。

季南舟走上前去:"罗照。"

"季南舟?"罗照似乎很意外季南舟会出现在这里,他看着眼前的男人,"谁能把你这尊大佛请过来接我?"

季南舟并没有正面回答,他若有所思地打量了罗照几眼:"这一趟玩得不错?"

"得了,我可是去学习的,正儿八经的。"

季南舟意味深长地停顿了一下,然后眯着眼睛看向他身后:"嗯?这也叫学习?"

罗照后面跟着的是一个女孩子,穿着黑色长款棉衣,整个人被裹在里面,看起来更加瘦小。她头发很长,皮肤很白,眼睛黑漆漆的没有一丝神采,甚至是有些呆滞的样子。

虽然两人隔了些距离,但是那姑娘脖子上的围巾,很明显不是她自己的。

罗照推搡着他:"哎,你瞎讲什么呢,我在飞机上碰见的女孩儿而已。"

季南舟笑:"我还以为是……"没说完的话停了下来,余光里乔粟走过来,停在他旁边。

"皎皎。"乔粟轻轻地喊了声那个女孩儿。

叫作皎皎的女孩儿抬眼看了乔粟一眼,眼神终于有了些反应,张了张嘴,声音却很细:"小乔姐。"她走到乔粟面前。

罗照皱了皱眉,看着乔粟:"她是你……"

乔粟看了眼季南舟,才说道:"妹妹。"

罗照若有所思地点点头。

"那你等等,"他忽然想起什么,不知道从哪里掏出一张名片,递到乔粟面前,"这是我的名片,今天飞行途中出现了一点小问题,你妹妹她……可能受到了一点惊吓,如果有什么需要,可以联系我。"

乔粟皱了皱眉,并没有接。

何皎皎也只是轻轻地扫了一眼上面的字。

"不用了,谢谢。"乔粟揽着何皎皎准备离开,刚刚的小男孩儿却忽然拦在了她们面前,没记错的话,他应该叫罗小刀。

罗小刀有些肉肉的小手伸到口袋里,好半天才掏出一颗糖,递到何皎皎面前。

"姐姐看起来很不开心,要吃糖吗?"

乔粟看着他的脸,不知道为什么,总想逗弄一番。

她看了眼何皎皎,却见何皎皎正紧紧地盯着罗小刀,目光有些奇怪。

"皎皎？皎皎？"乔粟喊了两声，何皎皎才回过神来，声音越发轻了："没事。"

乔粟皱眉，却也没有说什么，带着何皎皎继续往前走去。

而留在原地的季南舟一直盯着那两道背影。

罗照伸手在他眼前晃了晃："看什么呢？"

季南舟回身扫了眼他手上没有递出去的名片，明目张胆地嘲讽："怎么，日本不够你逍遥，这一回来就坐不住了？"

只是一眨眼的工夫，罗照都不知道自己手里的纸片是什么时候被抽走的，就看见季南舟捏着他的名片，薄唇张张合合："心理医生，罗照？"

罗照白了他一眼，看了眼他这一身装扮："赶回来急的吧？脑子都忘了带？"

"你这么一说，我还的确忘给你带了。"

"你！"罗照叹了口气，揉了揉太阳穴，有些疲惫的样子，"算了，刚刚遇上气流，飞机差点儿出事。"他朝着前面的罗小刀喊，"小刀，过来。"

季南舟笑了笑，看着罗小刀："我还以为，那个女孩子是你家罗小刀的妈妈。这出去一趟，总算是能把人给带回来了。"

罗照瞥了他一眼："我也想，最起码自己不是还没上枪就多了个儿子。"

"你？"季南舟故意讶异，"风流了一辈子，打中的靶能组一个团吧。"

"滚！"

"你说什么呢，爸爸？"罗小刀望着罗照。

罗照拍了拍他的头："没什么，张叔叔带你来的？"

"嗯。"

"回去吧。"他似乎又想起什么，看向季南舟，"对了，你这么急着找我，是有什么事来着？"

"有两起案子，得找你商量一下。"

"哈？"罗照惊讶，"季南舟，你干警察还真干上道了？"

03

乔粟将何皎皎带回了自己家。

"你先暂时住我这里吧，房子已经帮你联系好了，就住我附近，之前的那处，前几天已经租出去了。"

何皎皎没说话，静静地坐在沙发上。乔粟也没多说什么，把她安顿好了，就准备回机场。

她收拾好，站在玄关处看着何皎皎，依旧是进来时的样子和表情，眼神空洞。

乔粟一只手搭在门把上，良久才说道："皎皎，你要是想自杀，也得等我把那个人的脑袋提到你面前。"

何皎皎看了眼自己手腕上的疤痕，依次排列在左手腕的内侧。过了很久，她才开口："小乔姐，我是不是个怪物？"

"跟我比起来，你差远了。"

何皎皎没有反驳，只是自顾自地说道："那他为什么不害怕呢？"

乔粟想了一下，才意识到她说的大概是那个叫罗什么来着的人。可是，她已经记不清他的脸了，甚至另外一个男人，那个同时拥有庄重与邪气的男人，除了那双眼睛，其他的也是模糊的。

何皎皎以为，所有人在看到她手腕上还未愈合的伤口时，都会害怕、恐惧。而那个人，却在飞机颠簸，所有人都心惊肉跳的时候拉住了她的手，宽厚的手掌覆上了她手腕上的疤痕，他说："很痛吧？"

"现在不痛了。"

何皎皎还记得那个人："他是医生，心理医生，罗照。"

原来他叫罗照，那另一个人呢？乔粟死活想不起来。

何皎皎顿了顿，又补充道："小乔姐，他是觉得我有病……"

"他在放屁。"乔粟回答得极快，语气却很平缓，似乎只是在陈述一个很简单的事实。她看着何皎皎手上的疤痕，眼底闪过一丝不忍。

南舟？

脑海里灵光一现，乔粟记起来了，另一个男人叫南舟，可是，全名又到底叫什么？

乔粟记不起来，索性也不再去想了。

良久，在乔粟以为何皎皎不会再说什么的时候，何皎皎忽然抬眼看向她，语气缓和："小乔姐，姐姐，她是不是真的死了？"

乔粟心里一沉。何皎皎说的是何桉，她的亲姐姐。

乔粟眼底不自觉地浮现出那个时候的景象。

空荡荡的房子，棕色头发的女子穿着被撕破的空乘制服仰躺在地上，胸前露出一整片的红紫和瘀青，嘴里被塞满破布，眼睛被迫圆瞪，整张脸以一种诡异而扭曲的表情微微笑着。

她的右手拿着水果刀，左手手腕上是一道道被划开的口子。头发铺散在地面，从头发下缓缓流出的，是一片鲜红的血，顺着地板的缝隙蔓延到各个角落。

一大摊鲜红色的血迹分外刺目，屋子里充斥着令人作呕的血腥味。

乔粟赶过去的时候，看到的就是这样一番景象。

躺在地上的是何桉，她已经死了，被人施暴，自杀而死。又或者是，自杀未遂却又被人施暴而死。

皱着眉头、一脸嫌弃的警察手里拿着取证袋告诉她，你回家等就成，有消息我们会告诉你。

然后，乔粟一等就是五年，到现在凶手是谁她不知道，警察也不知道。可是她总不能干等到死吧。况且她从小就不是善茬，别人打她一下，她必须踢他一脚。

所以，何桉死了，她至少要找到凶手，让他尝一尝何桉死前的痛苦。想到这里，乔粟心里一阵莫名的兴奋。

"小乔姐，"何皎皎的声音将乔粟的思绪扯回来，她回过神，听何皎皎说话的语气，平静而笃定，"我看见姐姐了。"

"何桉？"乔粟仰头看着天花板上的某一处，长长地叹息，"她已经死了。"

何皎皎没说话，越过长长的一段距离，直直地看向乔粟的眼睛："可我看见她了，她哭着拉住我的手，说一定要报仇……"

乔粟没再反驳下去，轻轻地应道："什么时候？"

"在飞机上的时候。"末了,她又加了句,"罗照医生在我旁边。"

04

乔粟赶到机场的时候,宋续燃还在。

他穿着深蓝色的制服,肩章上有四条黄色的横杠,正在外场跟机务组的人交代着什么。而他面前的男生看服装应该是机务组的同事,瘦瘦高高的,右手却打着石膏挂在脖子上。

她走过去,男生很兴奋地朝她打招呼:"小乔姐。"

乔粟这才看清他的样子。很白净的男孩子,长相清秀。

她走到宋续燃面前。

男孩子神秘地笑了笑:"小乔姐、宋机长,那我先走啦。"

宋续燃无奈地叹了口气,乔粟眼底的迷惘轻而易举地被看透。

"弥生,你的同事,特征是……"宋续燃想了想,笑得无奈,"除了好看,名校毕业,没什么特征。"

"我知道。"乔粟有些不甘心,她并不想承认自己脸盲这件事,甚至是宋续燃所说的什么间歇性健忘,在她看来也不过是无中生有的事情,虽然宋续燃以前是学心理学的,但是一个开飞机的所做出的诊断,她不信。

乔粟转了话题:"今天,怎么回事?"

宋续燃大概知道她指的是什么。

"你说何皎皎?"见乔粟没有否认,他继续说道,"飞行途中遇到了气流,颠簸了一下,大概是被吓到了。"

"她本来胆子就小。"

"我的错。"

宋续燃倒是一脸诚恳的样子,乔粟看着他,一时有些语塞。好半天,她才重复了一遍:"嗯,你的错。"

飞机遇险,作为机长,当然是你的错。可是,没照顾好何皎皎,也是你的错。

"皎皎说,她在飞机上看到何桉了。"

宋续燃双眸暗了一下,看了她良久,忽然忍不住笑出来。

乔粟瞪他:"你笑什么?"

"你什么时候也开始疑神疑鬼了?"宋续燃问了一句,不过还是认真地回答,"我想应该是何桉的死对她来说刺激太大了。"

乔粟一开始也是这么觉得的,可是何皎皎的眼神又让她觉得太过奇怪。

"你多陪陪她,让她好好休息。"宋续燃轻声说了句,

乔粟看着他略显疲惫的脸,说道:"既然如此,为什么要把我安排在这趟飞机的外场检修?难道我现在不更应该待在家吗?"

宋续燃不说话,他沉默的时候,脸部轮廓太过坚毅,让人有一种很难亲近的感觉,可是笑起来,却是很好看的。他手掌贴了贴乔粟的脑袋,声音低沉:"就想见见你。"

千方百计地把你调到这个时候,就是想在仅有的交接时间里,能见见你。

宋续燃顿了顿,接着说道:"不把你安排过来,半个月都见不到了。"

乔粟瞬间明白了他的意思,问道:"你要去哪里?"

"马达加斯加。"

"什么时候走?"

"下周一。"

乔粟想了想,今天周三,下周一也不过四天的时间。

"所以周末,要不要见我?"宋续燃手心的温度缓缓扩散。

乔粟偏开头,看不出来有没有考虑过,径直说道:"周末不行,我得陪皎皎看房子。"

宋续燃有些无奈地笑着,那边忽然传来一道声音:"机长,陈总找你。"

他应了一声,又去看眼前的姑娘,手掌有些报复性地按上她的头,狠狠地揉了一番:"真是狠心的姑娘。"

"谢谢。"乔粟不甘示弱地硬着脑袋。

最后,宋续燃还是妥协道:"那等我回来?"

他握起乔粟的手,将一块石头放在她的手里。是一块形状特别丑的石头,四周都是尖锐的角。

乔粟莫名其妙地看着他:"银河外的石头?"

宋续燃笑:"随便捡的。"

乔粟放在手里掂了掂,依旧不明白他的意思。

宋续燃看了她一会儿,才说道:"我做错了事,你原谅我一次,就送你一块石头。等到哪一天你终于不肯原谅我的时候,你就把所有石头砸向我。"

宋续燃的声音沉沉的,撩得乔粟想笑。

"宋续燃,你都快三十岁了,哪里来这么多幼稚的想法?"

宋续燃走后，乔粟拎着工具箱走到前面的飞机下。

石头装在裤子侧边的口袋里沉甸甸的。

其实，她一直都明白宋续燃的口是心非，把她调到外场只是因为内场的检修太过复杂烦琐，而现在的她可能更需要时间陪何皎皎。所以无可避免的，只能这样安排。

不过，宋续燃向来不喜欢多解释，却总是不动声色地将一切为她安排得很好。

乔粟坐在架梯上，检修机底部分，刚刚那个胳膊打着石膏的男孩子拿着钳子站在下面："小乔姐。"

乔粟停下手里的动作，看着他，好像还是没能记住他的名字。

"收到通知了吗？下周去和歌山，我和你是一组。"弥生仰着头说道。

"和歌山？"乔粟在脑袋里搜索了下这几个字，片刻后，才反应过来，有去和歌山参与搜救的任务。

和歌山是一个很偏远的地方，也是这座城市和相邻城市的交界点，人迹罕至，山势险峻，放眼望去是成片成片的山林，真要形容它的话，大概只能用"野外"两个字来概括。

最近，市领导为了让两座城市的交通更加便利，决定在和歌山打一条隧道。万万没想到，打隧道的队伍在作业时，遇到了石壁坍塌，大量工人被困其中，生死不明。

市领导派了很多搜救队过去，可险峻的山势却让整个搜救过程异常艰难。所以，领导们最后决定，启用直升机，在上空搜寻失踪人员，因此需要航空公司的维修师跟着搜救队。

乔粟看了眼他的手,有些不确定:"我觉得我可能不怎么想照顾一个身残志坚的人。"

"我最近有吃偏方,保证药到病除,绝对不会拖累你!"弥生信誓旦旦。

乔粟偏着头想了一下:"宋续燃安排的?"

"对!"弥生重重地点头,不过,他又回过头,"小乔姐,果然只有你敢直呼宋机长的名字。"

"是吗?"乔粟拧好尾翼的最后一颗螺丝,"名字不就是用来给人叫的吗?"

那你倒是给我记住啊。

差不多一个小时后,乔粟填好检修报告。弥生正将飞机封好,朝着乔粟比了个 OK 的手势。

乔粟领意,从三层高的架梯上跳下来。

弥生被震得一顿,见她站稳了才又走过去:"小乔姐,这张报告表,麻烦你送回去吧,我现在……得去换药了!"他抬了抬自己的胳膊。

乔粟狐疑地看了他一眼,然后接过来。她皱了皱眉,抬眼看向弥生:"手没好,就少吃点儿螃蟹。"

"啊?"弥生一愣。

乔粟斜眼看他,指着自己的鼻子:"我闻到了。"

"啊?"

乔粟却没有再理他,转身离开。

弥生惊讶地闻了闻自己身上的味道，明明什么都没有啊！虽然自己的确吃过螃蟹，可是，乔粟她是属狗的吗？

休息室里没有人，乔粟推开门，却有一股奇怪的味道扑面而来，比人热闹多了。

怎么形容呢？刚刚也是，乔粟虽然对人脸有些迟钝，可是对味道却极其敏感。

她在桌子前坐下来，有些疲惫地叹了口气。

刚准备填表格的时候，她却一不小心碰到桌子上的鼠标，一瞬间，电脑屏幕亮了起来。

幽暗的灯光洒在她的脸上，冰蓝色的一片。屏幕上，一只白色的鸽子正叼着一个信封来来回回地移动着。

这个时候有谁会发邮件过来？乔粟有些奇怪。她点开来，没有发件人，也没有任何内容，只附着一个链接。

她握着鼠标的手犹豫了一下，却还是点了左键。

于是，进度条慢慢加载满。屏幕上弹出另外一个网页，是一个视频，光影在乔粟的脸上交错。她瞳孔急遽收缩，紧盯着屏幕。

视频里，烛光摇曳，一个女人浑身是血在地上有些艰难地蠕动着，蓬头垢面看不清表情。

"放过我，放过我……"

女人一边哭叫着，一边拼命地往后爬。可是凶手，也就是拍视频的人，不顾她的祈求，又是一记闷棍，狠狠地打在她的身上。于是，那女人终于不再动了，乔粟看见她抽搐了几下，然后再也没有动过，她死了。

视频只有三分钟，屏幕忽然一片黑暗，倒映着乔粟毫无血色的脸。

目光回溯，一阵恶心涌上心口，乔粟抿了抿唇，忍着胸口的不适。许久之后，她才缓过气来，好在这种视频，她已经不是第一次看见了。

05

警局里。

季南舟坐在电脑前，神色凝重。

罗照一脸呆滞地盯着漆黑的屏幕："这……这……""究竟是怎么回事"几个字堵在喉咙里，硬生生说不出来。

"就是你看到的这么回事。"季南舟往后靠在椅背上，揉了揉太阳穴，有些疲惫地说道，"这种恶性案件，这个月已经发生过一次了，这是第二次了……"

"同……一个人？"

季南舟还没来得及回答，后面一个便衣警察跑过来："南哥，我们根据两份视频的环境分析，找到了案发地，在洑水巷。"

洑水巷？季南舟的眼睛里闪过一丝不可名状的情绪，他问道："视频的发送地址呢？"

"还是没有办法定位。"

季南舟"嗯"了一声："继续查。"

罗照看着季南舟。

季南舟沉思片刻，忽然站起来。

还沉浸在震惊中的罗照有些没反应过来，却被季南舟一把抓住胳膊，跟跟跄跄地跟在后面："哎，你干什么？！"

"跟我去现场。"季南舟冷冷地回道。

罗照噤了声，但是觉得真是委屈，他明明刚下飞机还没来得及回家就被季南舟诓到这里，原来是因为这事啊！

不过，连环杀人，而且这么变态的手法，怪不得季南舟还待在这里舍不得回去，罗照想，的确是有趣。

深夜四点。

罗照坐在季南舟的车里，路两旁昏黄的路灯照进车里，光影交错在季南舟的脸上。

罗照乜斜了季南舟一眼："你什么时候来这边的？"

"一个月前。"

罗照有些吃惊，这才短短的一个月而已，季南舟做警察做得风生水起。

季南舟没有说话，余光瞄着窗外。

忽然，他瞥见一个人影，是她？

黑色的棉衣，帽子上有一圈棕色的绒毛，骑着一辆机车一闪而过。

罗照顺着季南舟的目光看过去，一手撑着车窗，问道："那人，不是……"

他又看了眼季南舟，果然是她，可是……

"可是，这条路……她不会也是要去洣水巷那边吧？"

季南舟没有回答，皱了皱眉，忽然加快了车速。

跨江大桥上，身穿黑色衣服的人徒步走在人行通道上，他微微佝偻着腰，双手插进口袋，黑色的连衣帽扣在头上，只露出阴影下的半张脸。忽然，一辆机车一闪而过，凛冽的风扑在他脸上。

他愣了一下，停下来，目光又紧紧跟随着身后驶来的黑色小车，直到它从身侧闪过。风过无痕，他静静地站在那里。等到周围又安静下来，他才缓缓抽出口袋里的手，袖口下有什么东西在月色下闪着隐隐的光。他凝视了片刻，忽然，袖口下的东西在空中划过一道抛物线，被扔进了江水里。

而那一瞬间，可以清晰地看见他的手，仿佛鬼爪一样，干瘪枯萎，疤痕遍布，像是很久很久以前，被烧得皮肉不生。

郊区某3号楼的门口围满了人，季南舟将车停在人群之外，扫了一眼，并没有熟悉的人。

罗照跟着从车上下来："这里死了人……也太热闹了吧。"

季南舟没说话，穿过人群。

有个年轻警察走过来，递给他一副手套："南哥。"

"怎么样了？"他接过来，一边套上白色的手套，一边跟着上楼。

年轻警察欲言又止："南哥，你……你自己上去看看吧。"

罗照跟在后面气喘吁吁："啊，什么情况？"

季南舟没有回答。

五楼，右手边第一个房间，他走到门口，目光锐利地扫过整间屋子。

果然，还是那样，一间房子，除了设备齐全得过分的厨房，其他房间没有任何家具，空荡荡一片。

死者就静静地躺在客厅的地板上，进门便可以看见。

死者呈大字形躺在地上，嘴里被灌满了食物，撑得整张脸有些变形。身上有多处新新旧旧被虐打过的痕迹，手腕上深深浅浅的刀疤有数十道。

死亡原因，煤气中毒。殴打却不致死，应该只是犯罪者的个人趣味。而最后封闭房间，煤气中毒，究竟是死者自己做的，还是施暴者做的，还不得而知。

罗照紧紧地盯着地上的尸体，半天才说出来："你觉得，这是人做的事？"

"什么意思？"

"至少不是正常人。"罗照摊摊手。例如，他接触到的一些病人。

"南哥，两名死者，第一名死者死在卧室，第二名死者在客厅。"取证的警察过来，似乎是找到了什么新的线索，"两名死者都不是这个房子的主人，而第二名死者是这里的租户。"

季南舟听着，似乎明白了什么，拧起眉头问道："房主是谁？"

年轻警察将一份房屋租赁合同递过来，回道："Akira航空公司飞机维修师，乔粟。"

第二章

浮生一叶舟

01

二月底的风还有些寒意,吹在脸上冰冰凉凉的。

乔粟隔着厚厚的手套握着机车的把手,在洑水路停下来的时候,手心里已经是一片湿冷的汗,她索性将车停在路口。

下了车,往前走了一小段距离,在第二个坏掉的路灯处左拐,有一条小道。乔粟拐进去,穿过那条狭长的小道,再走到头就可以看见前面几栋老旧的楼房。

乔粟停在那里,明明平时晚上八九点就已经沉寂的地方,这个时间却一反常态,几栋楼似乎都清醒着。

警车红蓝色的灯光闪得晃眼,最前面的那栋楼被拉起了黄色警戒线。穿着睡衣的人,特地跑过来,兴致勃勃地挤在人群里看热闹。

警察们拼命地维持着秩序,脸上的表情有些不悦,明明很大声地在说着什么,声音却盖不过人们的嘈杂耳语。

可是，这个差不多与城市脱轨，算得上乡村的地方就是这个样子。这里的人们永远只顾自己在说什么。

乔粟站在那里，果然，她没有猜错，这里就是视频里的案发地点。

曾经，她和何桉、何皎皎一起住在这里。

最近，因为何皎皎要回国了，乔粟怕何皎皎放不下何桉，回来后想住回这里，便匆匆地把房子租出去了，替她新找了另外一处离自己近的地方。

可是现在，乔粟想起视频里的那间房子，还有透过窗户看到的后面的景物……如果她放弃心里的那一丝侥幸，那么案发的那个房间，也许就是她们以前住的屋子。那受害者……

想到这里，乔粟心里一片冰凉。

乔粟绕到2号楼二楼，所有人的注意力都集中在3号楼那里，所以大概也没有人注意到她。

乔粟小心翼翼地将自己藏在阴影里。

2号楼和3号楼在第二层恰好有一处相连的地方，以前是一个大型的阳台，后来被封了，砌了一道墙，两米左右的样子。

要避开耳目进去，只能从这里翻过去了。

乔粟往后退了几步，试了试腿上的力度，忽然一个猛冲，侧着身子踩上旁边的小木墩，借着力一个弹跳，手撑上围墙顶部，接着整个身子翻过墙，然后稳稳地落在地上。

停顿了两秒，乔粟才缓缓站起来，她拍了拍手上的灰，回头看了眼墙壁上簌簌而下的零星瓦砾。手上有被碎玻璃划伤的痕迹，不过那些都已经不重要了。

乔粟进了楼，避开来来往往的警察，从另外一面的楼梯上了五楼。

这边因为楼下堆放了一些杂物，很难进来，加上旁边刚好又是一个垃圾场，所以也没什么人用，时间一长就被封了。不过现在，却成了乔粟躲开那些警察进入这栋楼的通道。

她站在五楼楼梯口，走廊尽头的灯光昏昏沉沉的，有的灯泡因为年久失修，早已经坏掉了。可是她还是能看见，那边的第一个房间，昏暗的灯光下，进进出出的警察，还有从里面抬出来的尸体。

那一个瞬间，乔粟一下子瘫软在地，一种说不上是什么样的感觉，从脚底慢慢升腾而起，绞住她的心脏。

头顶的灯发出"刺啦"的声音，忽然黑掉了。

乔粟却仿佛没有察觉到，脑海里只剩下一个念头——她也死了！为什么！为什么跟她有关系的人，没一个有好下场？

若不是她把这套房子租出去，是不是死的人就是她或何皎皎？

可是阴错阳差，那个租房子的女人却成了她们的替死鬼。

乔粟突然觉得有些冷，将衣服领子立起来，整个头埋在膝盖里面，手放在上衣口袋，心里想着，那么下一个是不是自己？

她转过身，下了楼。

季南舟靠在阳台的窗户上，目光紧紧地跟着月光里的那道影子。他是刚刚才看见的。

看到她利落地翻过那道墙，明明站稳了，却又坐在地上。然后紧紧地抱着腿，将头埋进膝盖里，过了好久，才看她又站起来。

季南舟眯了眯眸子，他不觉得她会跑，所以也没有去追。

不过五年，他认识的那个天不怕地不怕的小恶魔就忽然像是迷路的小孩子，眼底的空洞真叫人绝望。

可是，这死者按理来说应该跟她并没有什么关系。难道……她觉得凶手想杀的应该是她？

季南舟微微皱眉，如果是这样，那么凶手的目标究竟是死者，还是原本住在屋子里的人？

罗照收好记录本走过来："看什么呢？"

"没什么。"季南舟收回视线，"心理画像怎么样了？"

罗照弓着手指敲了敲前额："有些很奇怪的地方，我得明天才能告诉你。"

"明天中午。"季南舟说了句，然后走到前面跟现场的人交代了一些事便离开了，看起来有些急的样子。

只剩下罗照站在原地，看着季南舟头也不回的背影叫苦连天，所以大家本来就都应该不睡觉的吗？

02

乔粟从2号楼二楼下来的时候，3号楼前围观的人都差不多散了。

天边开始隐隐泛白，偶尔有风吹来，露在外面的皮肤会被吹得有些疼。

乔粟沿着另一条小路回到车子边，回头又看了眼洑水巷，还有几家灯火亮着，大概是有些人因为害怕而不敢入眠。

乔粟虽然很不愿意回忆起住在这里时的日子，却总是梦到曾经和她一起住在这里的何桉和何皎皎。梦见她俩胆子小，两个人在家的时候，总喜欢打开屋子里所有的灯。

以前每次她回来的时候，远远地看着窗口透出的昏黄的亮光，一想到那是等待她的，就会觉得温暖。可是现在不一样了，现在，这里万家灯火，没有一盏是属于她的。

乔粟有些瞧不起这样的自己。

比起这个，她宁愿自己是拆掉那些讽刺嘲笑她们的人家里的门的那个人，还有被人欺负之后，发誓一定要讨回来的人。

比如说站在面前的这两个男人。

乔粟早就注意到，那两个人自她从2号楼里出来就一直跟在她身后。她索性停下来，等着他们自己出现，果然，没一会儿，两人嚣张地站出来。

乔粟记得他们，洑水巷的地痞，他们之间的梁子也算结得深了。

"姓乔的小娘们？"说话的是长得壮一点儿的男人，右眼处有一道疤，很长，狰狞而又丑陋。如果没记错的话，他应该叫魏满光。

乔粟皱了皱眉。

魏满光身后那个矮个子站出来："老大，就是她！"

"住嘴！"魏满光往旁边狠狠地啐了一口痰，"老子知道！"

乔粟有些累，不想与他们纠缠，双手插在口袋里准备绕过他们离开。

魏满光一下子拦在她前面："你以为你走得了？"

"我不认识你。"乔粟出奇的平静。

魏满光爹毛了，他一把抓住乔粟的衣襟，重重地将她推到墙上。

乔粟没想到他会这么激动，肩背处这下子还震得有些疼。

"你把老子害成这样，你跟老子讲你不认识我？！"

乔粟看着他的脸，极其不屑地笑了一声，眯着眼睛看向他："出来没多久吧？那时候不把你送进去，现在监狱里可能还有你的一席之地。"

"你！"男人咬牙，握起拳头就要往乔粟的脸上招呼去，下体却被剧烈一击，他吃痛地捂住关键部位。

乔粟收回腿，缓缓地直起身子，揉着自己的肩胛，眼神扫了一眼旁边战战兢兢的小喽啰："看好你的老大，不想让他再进去就不要放他出来惹是生非了。"

她说着，转过身往前走去，忽然感觉到似乎有危险靠近，她回身一看，魏满光正拿着刀子冲过来。

乔粟迅速地往后一退，却被刀子划到了手背，伤口处立马渗出血来。

"臭娘们，别以为离开这里，傍上了大佬我就不敢动你！老子发过誓，我脸上的疤、坐了五年的牢，还有老子家破人亡，这仇我一定要报！"

乔粟看着自己不断涌出血的手背，心里却想着，如果宋续燃知道自己被叫作大佬，不知道会是什么表情？她忍不住笑了出来，眼角却有光，像是要哭了。

魏满光看着她的表情，一时之间有些慌乱，随即啐了一口痰："你知道你屋子里那个女的为什么会死吗？都是你害的你知不知道！你个祸水，跟你有关系的没一个有好下场！"

魏满光越说越来劲："你们当初乱勾搭男人，被人家复仇来了！哈哈哈，所以你们一家三个，都得死……你看看你，你不光害死了你的好姐妹，还害了无辜的人！你明知道跟你有关系的没一个好下场，却还是把房子租出去，你就是想找一个替死鬼！"

乔粟低着头，脸上的一片阴影恰好挡住了她嘴角渐渐凝固的笑意。她张了张嘴，喑哑地说了两个字："不是。"

我只说一次，不是这样的。

魏满光故意说着那些刺激乔粟的话，见她失神，手里攥紧了刀子又要冲上来，眼看着就要插进她的小腹，她却依旧没什么反应。

忽然，一道身影从侧面蹿过来，挡在乔粟的身前，轻松地握住魏满光的手腕，稍稍用力一折。魏满光来不及看清是怎么一回事，就痛到张着嘴说不出话。

刀子"哐啷"一声落在地上。

乔粟这才回过神来，看着眼前的人。

"你在想什么？"他的声音太好听，只是有些冷。

乔粟移开目光，还有点儿没反应过来，她喃喃道："没什么。"

怎么会没什么？幸好他来得及时，否则她可能都不知道刀子是怎样插进自己身体的。季南舟看着她还在流血的手，皱着眉："手没事？"

乔粟瞥了一眼："没事。"

"啊啊啊……"旁边一直没作声的小喽啰忽然举着刀子冲上来，"老大，你们不准动我老大！"

乔粟看着冲过来的人,眼里有什么一闪而过。

她忽然一把拉住季南舟的手腕,朝着小路的出口跑去。一瞬间,风从耳边刮过,带着遥远的记忆。

他们一直跑到路口的第二盏灯下,才停下来。

乔粟喘着气,松开手。

季南舟看了眼空落落的手腕,又盯着她看了很久:"为什么要跑?"

"不然空手接白刃?"乔粟缓过气来,看了他一眼,然后转过身朝着自己的车子走去。

只是有些事情还没弄清楚,她不想节外生枝。

"乔粟。"

季南舟叫住她。

乔粟回过头:"你怎么知道我的名字?"想了想,又觉得不对,"你为什么会在这里?"

季南舟笑了一声,挑眉看她:"你真不知道?"

他选择了回答第一个问题,如果她知道自己为什么会知道她的名字,就不会再问他第二个问题了。

乔粟没说话,她不知道,也并不怎么想知道答案,只是魏满光的话还在耳边反反复复地回响,挥之不去。

她戴上头盔,骑上车子拧了两下把手,却只听到苟延残喘般的声音。再拧两下,依旧这样。

季南舟站在旁边,双手环胸:"要帮忙吗?"

乔粟斜着眼睛看了他一眼,从车上下来,在后座的工具箱里拿出工具，前前后后敲了一遍，好像是发动机出了问题。

　　少了几颗螺丝导致引擎箱松动，还好不需要太复杂的工具。乔粟借着旁边的光简单地修了一下。

　　季南舟就在旁边静静地看着她："那人跟你有仇？"

　　"没有。"

　　"那他为什么拿着刀子想捅你？"

　　乔粟没说话。

　　季南舟悠悠地说道："因为……"

　　"不是。"乔粟打断他，站起来，"我没必要让一个陌生人来审问我。"

　　"你的意思是，你只相信警察？"

　　"不相信。"

　　乔粟不想再搭理他，她将东西收进工具箱。再骑上车子的时候，发动机已经能正常运行了。轮子微微往前走了一点儿，却又听见那两人的声音。

　　"老大，他们在这边！"

　　季南舟往后看了眼，又看向乔粟。

　　乔粟打开车灯，照亮前方，而季南舟就站在那束光的尽头，一双黑曜石般的眼睛越发深邃，好像小时候总是梦见的那口古井，深不见底。

　　乔粟心里一动，车子已经朝着季南舟的方向开过去。她没有打算移开方向，而季南舟也不打算躲。

　　视线碰撞，而下一刻，季南舟嘴角扬起一丝笑，一手搭上她的车头，用力一撑，一个侧身跨坐到她身后。

眨眼的工夫而已，属于季南舟身上特有的味道便将乔粟整个包裹起来，他就坐在她的后座，耳边是他简短有力的一个字："走。"

仿佛魔咒般，没有任何犹豫，乔粟将车速加到最大，露在外面的皮肤被风刮得生疼。可这个时候，她才有些反应过来，看向后视镜里季南舟的眼睛，而他刚好也看过来。

一阵尖锐的汽车喇叭声响起，乔粟回过神，看向前面急急驶来的大型卡车，来不及应对这种突发状况，僵硬的手上忽然多了一丝陌生的温度，稍稍用力就扭过车头，毫厘之差，躲过一劫。可是乔粟似乎依旧能感觉到那种卡车的铁皮擦过脸颊时灼烧的痛感。

她不想承认，刚刚有那么一瞬间，她甚至想过就这样被撞死会是什么样子的。像何桉那样，血肉模糊地躺在地上，然后周围的人对着她的尸体指指点点……

可是只是一瞬间而已，她还是不想死的。

后面的季南舟，看着后视镜里乔粟紧皱的眉头，眸光沉了几分。

03

车子停在乔粟家附近。

季南舟利落地从车上下来，看着后视镜里她的眼睛："谢谢了。"

乔粟这才觉得所有的思绪又回归脑海，看着他说："你不是洑水巷的人。"

季南舟抬眼看她："你不是不在意这个吗？"

乔粟没说话，看着他手背上刚刚被车擦伤的地方，忽然转过身朝着街角走去。

季南舟偏头，看着她离开的方向，心情忽然变得很好。

他掏出一直在口袋里振动的手机，接起来。

那边的声音很低："南哥，查到了一点儿关联，乔粟不是房东。"

季南舟眯了眯眸子，听着那边继续说道："准确地说，房主是何桉。"

"何桉？"

"对，但是她五年前去世了，只是经过深入调查，我们发现何桉的死与这起连环杀人案有很多共同点。"

"什么意思？"

"她们都曾在死前，被人施暴虐待过。"

季南舟眸中闪过一丝厉色，他还想问点什么，但看着路灯前面的人影，还是挂了电话。

乔粟走过来时双手插在口袋里，手腕上还挂着一个塑料袋，身影被路灯拉得很长。她停在季南舟面前，将袋子递给他："里面有消毒水、纱布、棉签之类的。"

她果然是去了药店，季南舟有些明知故问："给我的？"

……

他将手抬起来，仔细地看着上面的伤口，血肉模糊了一片，侧着头问她："心疼我？"

"你救了我。"乔粟说。

季南舟好笑地接过来，转身找了路边的长凳坐下来。乔粟看了看迷蒙的天色，天快亮了。

她跟了过去，坐在了季南舟旁边。

"你要帮我吗？"季南舟又问。

"我不会。"乔粟拒绝。

季南舟有些无奈，忽然捉住乔粟的手腕，将她的手从兜里小心翼翼地扯出来。乔粟还没来得及挣开，蘸了酒精的棉签已经落在了她手背的刀伤上。

她愣了一下，冰凉的刺痛感从手背漫开，像远处晕开的天色一样。

季南舟皱眉："你不疼吗？"

"你是警察。"乔粟没有理他，兀自说道。不是询问，而是笃定地陈述。这个时间点出现在凶案现场，除了洑水巷的人或者凶手，也只有那些警察了吧。

"嗯。"季南舟应了一声，似乎对于她的猜测并不感到意外。

他拿出纱布，一圈一圈地缠上乔粟的手，乔粟也没有挣开。

"我们在机场见过吧……可是我不记得你叫什么了……"

"季南舟。"

"季南舟。"

"嗯。"

"你不用这么帮我。"乔粟呆呆地看着前方，"就算需要我协助调查，也不要太靠近我。"

季南舟只觉得自己握着的手并不像人的手，太过冰凉，没有一丝温度。甚至眼前的整个人，都不像真正活着的人。

"这不关你的事。"季南舟的声音在这浮动的空气里显得格外低沉。

乔粟笑了笑："是吗？"她眼底忽然多了几分神采，"那你为什么要跟着我？"

季南舟没说话。

乔粟看着自己被包成一团的手，手背处还打了一个大大的蝴蝶结。她皱了皱眉，看着似乎对自己的作品还挺满意的始作俑者。

"你查到我是房主了对不对？你说不准这起案件究竟跟我有没有关系对不对？你是不是猜测凶手也许就是冲着我来的，屋里的人只不过是被误杀而已。"

"嗯。"季南舟应了声，表示自己在听，顺便开始简单处理着自己的手背。可是乔粟却忽然静了下来，季南舟有些奇怪，抬头对上她的目光，"所以呢？"

"……"

"所以你觉得没有什么比在你身上找线索更好的方法了，是吗？"

乔粟否定的时候一定会毫不留情地说出来，而承认某件事的时候，却只会用沉默来表示，她看着季南舟的一双眼睛："是。"

季南舟沉思了片刻，再说话时瞳孔变得很深："也许我是为了保护你呢？"

乔粟愣了一下，笑出来："保护我？"又问道，"你弄坏了我的车，是为了保护我？"

季南舟眯起眼睛，似乎没想到她会知道。

"我闻到了你手上的机油味道。"乔粟又说道，"不过，你应该没想到，这种机械类的东西，我可能比你要在行。"

"是我。"季南舟坦白，语气里却听不出一点儿愧疚，"但是你为什么不觉得，我接近你是有其他的意图？"

"比如说呢，保护我？"乔粟没给季南舟说话的机会，"其实你承认你的目的也没什么关系，本来就是我的错，你要是抓我，我也不会反抗。反正我就这一条命，不管是凶手拿走还是你们拿走，就这一条命。不过，在那之前我要做的事也必须做。"

"一个人？"季南舟问她，"这不是一个简单的案子，即使你一个人也要做？"

"我一直都是一个人。"乔粟说道。

沉默，季南舟站起来："现在不是了。"

"嗯？"乔粟看着他坚毅的侧脸，"为什么？"

季南舟却没有回答，回过头："你叫什么？"

"乔粟。"

"哪个粟？"

乔粟回过头看他，没来得及开口的那一瞬间，阳光照射下来，天空忽然亮了起来，不再是那种像是蒙上了一层白茫茫的雾气的亮，而是透彻的明亮，甚至连季南舟的整张脸也在她眼前耀眼起来。

像是条件反射般，大概很久很久以前也有人问过她这个问题，乔粟喃喃道："沧海一粟的粟。"

季南舟笑了笑，转过身准备离开。

乔粟却叫住了他："季南舟。"

季南舟在前面停下来，她朝他喊道："我应该算是挺危险的一个人，身边的人没一个有好下场。包括我自己。"

"那你要不要试试，把我，变成我们？"

为什么？乔粟还没来得及问出口，季南舟已经走了。

可是那一刻，她忽然觉得，她这一条命，好像终于不用独自面对那些无尽的黑暗和恐惧了。

尽管她从来没有害怕过。

04

季南舟又回了洑水巷，魏满光还蹲在路口，旁边跟着他的小喽啰，泪眼汪汪地看着他："老大，都是我不好。"

"闭嘴！老子又没死，你哭什么哭！"

话音刚落，就看见站在面前的季南舟。魏满光整个人都瑟缩了一下，他站起来，看着眼前比自己高出半个头的男人。

空有一副架子而已，刚刚还不是跑了！

所以，怕什么？！

季南舟笑了一声，走过来："视死如归的表情有些过了。"

魏满光一愣，收回表情："你想干什么？"

"问你点儿事。"季南舟也不多说，递了根烟给他。

魏满光瞥了他一眼，小心翼翼地接过来，放在鼻子下方嗅了嗅，心想，真是好烟！表面上却不动声色。

"问什么？"

"乔粟。"

"你说那娘们？"

季南舟的目光投过来，魏满光心底一怵，又改了口："你说……她啊……"

"你的脸是她弄的？"

"就是她，毁了我们老大！"旁边的小喽啰插嘴道，却被魏满光狠狠地瞪了一眼。

魏满光像是想起什么似的，有些咬牙切齿："事到如今，我也没什么不敢说的了，以前我确实对她们三个女人动过歪念头，就连她那长得不错的大学同学我也碰过。

"后来被那姓乔的女人捉住了，她绑了我，还要废了我。当时我弟弟也在，我弟弟才多大，求她放了我，我知道自己逃不过，至少以为她不会动我弟弟，可是我被她打晕了。再起来的时候，我就躺在那儿，脸上全是血。我好不容易站起来扶着墙走出去，看见的就是我弟弟，他从楼梯上摔下去了，趴在地上，血流了一地。老子来不及去看他一眼，警察就来了。"

季南舟一直垂着头，看不清表情："后来呢？"

"后来我坐牢了，我弟弟死了。我爸妈痛不欲生也死了。"

"所以你觉得是她伤了你的脸，又把你弟弟推下楼？"

"不然呢？！"

季南舟冷笑一声："你动过那么多人，个个都有可能想置你于死地。"

魏满光不说话了。的确是这样，他以前是替黑道做事的，仗着自己的几分凶狠又有"背景"，在洑水巷作威作福，坏事干了不少。讨厌他的人没有不怕他的，只有乔粟她们，处处给他难堪，他想弄死她们不是一天两天了。

直到现在，他也没有想过要放过她。

小喽啰在旁边抽抽搭搭的。

"所以你根本什么都没有弄清楚,就凭着自己的猜测,对她动刀子?"季南舟目光沉了几分。

魏满光从回忆里抽身,被季南舟的眼神吓得背后渗出一片冷汗。

"我……我……只是想吓唬吓唬她……"

季南舟垂下眼睛:"还有呢?把你知道的全说了。"

魏满光颤颤巍巍地说道:"我不知道什么了。还有就是当年,他们家总是有个男人进去,好像是……包养她们的人……后来的事……我也不知道。"

魏满光的声音越来越小。

季南舟缓缓地捏起了他的手腕,意味深长地打量着:"说完了?"

"你……你想干什么?我……我知道的就这些了……真的!"

"咔嚓"一声。

魏满光忽然尖叫起来:"你想干什么?!"

季南舟放开他:"看你想对她做什么了。"

"老子能对她做什么,她比男人还厉害,老子那次不就栽在她的手里了!"魏满光忍着手腕上的痛,狠狠地咬着牙。

"你诬蔑一个女孩子,误会她、报复她,都是你的问题。"

魏满光想说什么,却还是住了嘴。

季南舟继续说道:"我不管你还有什么深仇大恨,总之,你要动她,先算算你有几条命可以死。"

魏满光往后退了几步,倒在小喽啰的怀里,他看着季南舟的侧脸,忽然想起什么,面色惊恐:"你……你……你是不是……"

"不是。"季南舟冷冷地看了他一眼,起身离开。

魏满光看着他的背影，怎么可能不是？一定是的，五年前在这里出现过一段时间的人。

"老大……"小喽啰又忍不住哭了起来，魏满光一巴掌拍到他的头上："成天只知道哭哭哭，老子就是给你哭糟心的！"

"可是我……我好弱啊，我只能看着你总是受伤。"

魏满光叹了口气，语气缓下来："你叫我一声老大，我就不会让你吃亏。"

黑暗中，一个穿黑色大衣的男人走出来，声音听起来很年轻："你不给你弟弟报仇了吗？"

"你是谁？"魏满光猛地回过头。

"一个可以帮你报仇的人。"

魏满光狐疑地看着他："我凭什么相信你？"

男人递过来一个信封。

魏满光犹豫了一下，接过来，却被那人的手吓得一身冷汗，那哪里是一个人的手，简直是鬼爪！

"你……"

"照我说的做就是。否则，你的弟弟……"

第三章

明月何皎皎

01

季南舟找到罗照那里的时候,罗照还没醒过来。

季南舟是直接撬了锁进去的。

罗照迷迷糊糊地睁开眼的时候,看见的就是季南舟靠在他阳台上喝茶,风吹着白帘子一起一落的,他还以为自己做梦来着。

可下一刻,他便惊醒了,尖叫着坐起来。

季南舟手一抖,半杯茶洒出来,泼在了罗照刚花三万买的阳台沙发上。

于是,罗照尖叫得更厉害了。

十分钟后,罗照收拾好出来,装作很清醒很不介意的样子,眼睛却盯着沙发上的那一块污渍。

"没想到你还挺骚包的。"季南舟笑他,"叫你小骚也蛮好的,跟你们家小刀的名字还押韵。"

罗照泄了气，耸耸肩："你知道世界上最可怕的事是什么吗？就是做梦梦见了季南舟，醒来看见季南舟，然后季南舟还毁了我一沙发。"

季南舟依旧没事人一样翻着手里的书："怎么样了？"

"什么？"

"说好今天中午给我的东西。"

罗照才想起来，他说的是有关案子的犯罪心理画像。

季南舟瞥了他一眼："现在有一个很重要的信息。"

"那个……什么乔粟？"

季南舟摇头："第二个死者的死亡时间是昨天深夜两点钟左右，可是视频的拍摄日期是上周。"

"什么意思？"罗照觉得自己可能有些没睡醒。

"嗯，什么意思？"季南舟重复着问了一遍，"还有，视频的播放现场，都有蜡烛燃烧，又是什么意思？"

罗照想了想："既然如此，应该还有几个共性，凶手对第二个死者进行过虐待，可是第二个死者明明是自由之身，却不肯报警也不肯向周围的人求救，反倒处处维护他……"

"维护凶手？"季南舟提出不明白的地方。

罗照从昨天带回来的资料里拿出一张图片，递给季南舟。

是案发现场的厨房。除了厨具齐全，料理台上所有的东西都是一对，从碗到马克杯，甚至连筷子也只有两双。

"第二个死者应该是想和他好好生活的。"

季南舟紧盯着图片："如果我没记错，受虐者对施暴者产生爱这种情感的,叫作斯德哥尔摩综合征?"

"果然,烂大街的病状,连你都知道了。"罗照耸耸肩,"所以,第一个死者很有可能是第二个死者引诱过来,满足凶手的施暴欲的,只是没有想到自己会有这样的下场……"

"对了,"罗照忽然想起什么,"我在书上见过一种病。"季南舟等着他说下去。

"说通俗点就是,其实每个人都有一个开关,关上和打开的时候完全是另外一种状态。但是对于那些本来就潜藏着心理疾病的人来说,这种开关,可能就是杀人的开关。也许是因为某个场景,也许是某个物品,也有可能只是一种味道,或者任意搭配。总之,那可能是他的一个噩梦,从而演变成一种开关,一旦触碰,就一发不可收拾了。"

"杀人的开关……"季南舟沉思片刻,"你指的是桌子上的蜡烛?"

"也许吧。"罗照有些庆幸季南舟没有顺道研究一下心理学,否则这心理医生,他也不一定能做得下去。

"当他看到蜡烛的时候,心里那个开关就打开了,压制不住内心想杀人的冲动,所以选择以施暴的方式解脱。"

季南舟若有所思:"既然如此,也许我知道那么一点儿了。"

"你知道什么了?"罗照觉得自己还没明白过来呢。

"可能的诱因之一是,燃烧的蜡烛,凶手被火烧过,而且所有死者的左手都有无数道被刀割伤的痕迹。"

季南舟看着驶入小区的车子,仿佛自言自语般:"罗照,他的手应该是被烧过的。"

02

弥生是宋续燃找来帮何皎皎一起看房子的,毕竟只是看看,用不着干什么力气活,也许还是能帮上一点儿忙的。

比如说,在到达目的地的时候,叫醒睡在车上的乔粟。

"乔粟姐。"

乔粟迷迷糊糊地醒过来,看了眼车窗外的高楼林立,对身边的何皎皎说道:"就是这里了。"

何皎皎从车上下来,抬起头。

她跟在乔粟后面,弥生也跟了上来。

乔粟打量了何皎皎几眼,又看向弥生,忽然觉得,他们俩还蛮配的。

不过,弥生奇怪了:"小乔姐,你在想什么啊?"

乔粟走进电梯,一本正经地说:"我在想,我们走错了没有。"

弥生点头应了句,何皎皎则是一直乖乖地跟在乔粟身后。

电梯停在三十一楼,门打开的时候,罗照居然出现在电梯门口。

他一抬头,就看见了站在电梯里的何皎皎,她正微微偏着头看他,直直的眼神仿佛要看进他的心里。

罗照的心仿佛漏跳一拍。

看着乔粟三人出了电梯,罗照有些意外:"乔粟?"

乔粟仍旧脸盲:"你认识我?"

"啊?"罗照一脸呆滞,的确自己应该并不认识她,不对,是不应该准确无误地叫出她的名字。

"你怎么在这里?"说话的是何皎皎,她呆呆地看着罗照,黑亮的眼睛里带着一丝固执,又问了一遍,"你为什么在这里?"

罗照被这个眼神看得心里一慌,笑道:"我住这里啊!怎么,你们不是来找我的啊?"

他不明白何皎皎为什么忽然之间情绪这么激动,他求助性地看向她身后的乔粟,还有一个……他不认识的男孩子?

"小乔姐……"弥生觉得现在的气氛怪怪的。

"我也是住这里的。"何皎皎开口,看着门牌上的3104,主动说道,"我也住这里。"

他笑得有些僵硬:"哦,是吗?那挺巧的,我们是邻居。"

乔粟这才记起来,他叫罗照,是心理医生。

而3103屋里,季南舟的手搭在门把上,听着外面人的声音。

他转过身靠在门上,心想,乔粟,相信我,我一定会帮你找到凶手的。

电话响起来,屏幕上是一串奇怪的号码,来自尼日利亚。

他接起来,那边的声音有些沙哑:"你打我电话了?"

季南舟声音压低了些:"你去尼日利亚了?"

"你不在,这些烂摊子只有我来收拾了。"

"辛苦了。"

"你总不会是专程来慰劳我的?"

季南舟笑,也不再卖关子了:"想让你帮我查一个人。"

"案子?"

"不是,私人的。"

那边的声音带着隐隐的笑意:"谁?"

"乔粟。"季南舟喝了口水,慢慢说道,"沧海一粟的粟。"

那边意味深长地沉默着。

季南舟先忍不住了:"别瞎想。"

想了想又觉得不对,他走到阳台上,听见细微的声音从隔壁的阳台传出来,又说道:"暂时别瞎想。"

好久那边才传来一声:"嗯。"末了又说了句,"夏蝉就麻烦你了。"

季南舟刚挂了电话,罗照就冲进来了,上气不接下气的样子:"季南舟,你猜我们隔壁住着谁?"

"总不会是罗小刀的妈妈吧?"季南舟神色不改。

罗照愣了一下,撑着手摩挲着下巴:"也不是不可能。"

季南舟冷笑一声:"你做梦。"

罗照刚准备反驳,阳台那边传来一个男人的声音:"小乔姐,这个放哪儿?"

罗照耸了耸肩:"嗯,乔粟。"

季南舟却皱起眉头:"他是谁?"

"乔粟啊。"

"我问的是那个男人。"

"我怎么知道?跟着她们来的啊。"罗照忽然又想起什么,惊讶地看着季南舟,"你干吗在意人家屋子里的一个男人?你该不会是看上……"

"嗯。"季南舟听着那边的声音,根本没在意罗照这边说什么,只剩下罗照张大了嘴:"你说,嗯?"

"嗯。"

罗照似乎看出他的敷衍来,靠在沙发上坐下来:"最近还有什么事吗?"

"要去和歌山一趟。"

"和歌山?"

"上面的事,夏蝉在那边失踪了。"

罗照一惊:"她怎么会出现在那里?"

"具体细节不清楚。"

"那你还有时间在这边管这些案子?"

季南舟并不是普通的警察,这点罗照还是知道的。

季南舟是特种兵出身,退伍后做着什么事罗照却不清楚,反正是一个什么组织,季南舟一般只告诉他,是上面的。

上面的人,上面的任务,而警察这个身份,也是上面的人给他安排的,好像只是为了掩饰什么。

这些罗照自然不会多问,不过,那边的事跟这里的案子比起来,他觉得以季南舟的态度,绝对不会率先处理这边的。

季南舟似乎看出来他的疑惑,不徐不疾地说道:"我只是为了自己的事而已。"

他站起来,罗照叫住他:"你还能有什么事?"

"终身大事。"

季南舟话音刚落,外面忽然响起一阵警车的声音。声音越来越近,很明显是朝着这边来的。

罗照还没从"终身大事"几个字里缓过来,又看向季南舟:"你这是还有专车接送了?"

季南舟停下来,皱着眉头,似乎也有些奇怪:"不是我。"

"啊?"

03

乔粟打开门,目光从陌生的脸上移到他们手里的证件上。

"乔粟是哪位?"

"是我。"

"你涉嫌洑水巷命案,希望你能跟我们走一趟。"

乔粟一时没反应过来,顿了片刻才意识到,洑水巷。她垂着头,没想到他们这么快就找过来了。她脑海里忽然闪现出一双眼睛,是季南舟。可是,他们为什么会知道自己在这里?

弥生冲出来:"警察先生,你们是不是误会了什么?小乔姐她……"

"我们在凶案现场的厨具上采集到了乔粟小姐的指纹。"年轻的警察也不想再废话。

弥生住了嘴,看看年轻的警察,又看看乔粟,一时不知道该说什么。

"你确定?"乔粟愣了一下,她实在想不出来现场怎么会有自己的指纹。

"小乔姐。"是何皎皎的声音。

乔粟回过头,何皎皎光着脚站在玄关处,语气轻轻的:"小乔姐不会杀人。"

年轻的警察似乎是有些烦了,不想再跟他们说下去,朝着身后的人使了个眼色,便有两个人上来控制住乔粟。

乔粟看向弥生:"帮我找宋续燃。"

"可是……"

弥生话还没说完,乔粟便被带走了。他回头看了眼何皎皎。

何皎皎就愣愣地站在那里,一直到乔粟被带进了电梯,她才动了动,转身回去继续摆弄着自己的画架,似乎完全没有被这件事影响到心情。

弥生走过去:"皎皎……小乔姐她……"

"你要当我的模特吗?"

弥生被问得一愣,何皎皎铺好画布:"有宋大哥在,小乔姐一定没事的。所以你要当我的模特吗?"

"还是……不了吧……"

季南舟靠在窗台上,看着被塞进警车的乔粟,眉头紧锁。

罗照有些奇怪:"这件案子不是你在负责吗?现在又是怎么回事?"

"可能是他们发现了新的证据,"季南舟拿出手机,一边拨了一个号码,一边继续说道,"而且,我被停职了。"

"啊,为什么?"

"我怎么知道警察这么多规矩?"

"规矩什么的也确实不适合你。"罗照嘟哝着。

季南舟拨打的电话接通,那边的声音不大:"南哥?"

"洑水巷的案子怎么回事?"

"有人寄了匿名信,说是在现场看见乔粟了,现场检查也在厨具上找到了她的指纹。再加上她是房主……"

"暂时不要动她。"

"啊?这事……她送来了是一定会审的。"

"那就温柔点儿,等我过来。"

季南舟挂了电话,目光随着楼下的警车飘远。

罗照托着手摩挲着下巴,忽然想起什么:"如果我没记错,通过指纹来鉴定犯人,必须是建立在那人有犯罪前科的基础上。

"她之前是犯过什么事,所以指纹会被输进指纹库,这一次才能轻易地通过现场指纹采集锁定她嫌疑人的身份。"

"没错。"

"那这个乔粟……她之前也是有过前科的?"

季南舟抬眸扫了他一眼:"是的。而且还是不小的麻烦。"

罗照越来越好奇了:"季南舟,你老实告诉我,你是不是之前就认识乔粟了?"

季南舟没有回答,拍了拍他的肩:"给你一天的时间,接近隔壁那个叫作何皎皎的女孩子。"

"为什么?"罗照跳起来,"我看起来有那么水性杨花吗?"

季南舟很慎重地看了他几眼:"有。"

04

警局里,乔粟坐在审问室里,面前是一个很年轻的男警察,厚重的镜片下是一双微微凸起的眼睛，声音冷得像是四周冰冷的墙壁："最后问一遍，你昨晚为什么会出现在洑水巷？"

乔粟垂着头，不说话。事实上，她已经一个小时没有说话了，也快耗光了这位警察的耐心。

"乔粟！"

年轻的警察似乎有些忍无可忍，双手狠狠地拍上桌子，乔粟面前的水杯应声倒下，热气腾腾的水全泼在了她的手上。刚好是昨晚被刀子划伤的地方，不过季南舟给她缠的纱布早就被她扯了，伤口瞬间红了一大片。

乔粟却没什么反应，静静地看着那一块变红的皮肤。水顺着手掌流到腿上，牛仔裤被浸湿了一大片。细细密密的湿热从那一小块漫开来，风吹过来的时候又是一片冰凉。

她皱了皱眉。

年轻警察似乎也有些吓到了，神色慌乱却又不肯拉下脸。

门口响起开门的声音，随后是一阵凉凉的风吹进来，整个空间终于显得不那么压抑，却忽然变得谜之静谧。

年轻警察的声音放缓了许多，甚至是有些唯唯诺诺："那个……南……南哥。"

乔粟抬起头，对上季南舟的目光。

"你们先出去。"季南舟的声音有些冷。

"可是……"年轻警察支支吾吾的，"那个……"

他一方面是怕上面怪罪下来，毕竟季南舟已经被停职了；另一方面,季南舟在局里是出了名的阴险狡诈。所有搞不定的嫌疑犯,他总有办法让人家乖乖招供,背地里使用了什么手法只有他自己知道。可是大家即便心知肚明也不敢戳破,毕竟他们更明白,季南舟是个多么危险的人。

"有什么问题,就说是我。"

年轻警察的话被堵住,只好改口:"可是南哥,人家好歹是女孩子,你那些逼供的手法……"

季南舟睨了他一眼:"你也知道?"

季南舟目光扫过一直静静坐在一边的女孩子,单薄瘦弱得仿佛一张纸片,却又执拗得不可思议,好像坐在那里便能像孙悟空一样给自己画个圈,别人进不去,她也出不来。所以这个世界怎么转跟她毫无关系。

"出去。"季南舟又说了句,年轻警察不敢再造次,乖乖退了出去。

忽然而至的安静,狭小的空间只剩下他们两个人,乔粟却忽然轻松了许多。

季南舟关了摄像头和录音器,拉开椅子坐在乔粟的对面:"还记得我吗?"

乔粟抬眼看他:"季南舟。"

季南舟笑:"比我想的要聪明一点儿。"

"我什么也不知道。"乔粟大概知道他要问什么,"房主是我,死者我认识,可是我不知道她为什么会死,也不知道现场为什么会有我的指纹。"

乔粟一口气说完了所有警察非要听可是又毫无意义的一些话。

季南舟却不慌不忙,靠在椅背上挑眉看着她:"你在等我?"

乔粟对上他的目光:"没有。"

"那这些话你刚刚为什么不说?"

"不想说。"乔粟面无表情。

季南舟笑了一声:"可是我没打算问你这个。"

乔粟抬眼,季南舟接着说道:"而且,我被停职了,应该也无权把你抓过来。"

"停职?"乔粟的确以为是季南舟派人把她抓过来的,她也的确是在等他,只是为了当着他的面质问他,为什么昨天晚上给了她那样的承诺,又要做出完全相反的事情。

乔粟抿了抿唇,说道:"瘦死的骆驼比马大。"不然刚刚那警察也不会对他那么唯唯诺诺的。

季南舟想了想:"嗯,你的观察力还不错。"

"所以呢?"

"有人寄了匿名信举报你。"季南舟正色,"说案发时间在洑水巷里见过你。"

"我的确是在那里……"

"却不是案发时间,"季南舟纠正道,"所以很明显是有人故意要陷害你。"

乔粟不说话,季南舟双手环在胸前:"很好奇你究竟是得罪了多少人,大家似乎都很乐意把你送进来。"

乔粟目光浅浅:"谁知道呢?等你也想把我抓进来,应该就能体会到他们的心情了。"

一瞬间的静默，乔粟抬眼，撞到季南舟的目光："我是真的不知道，除了魏满光，洑水巷里我没得罪过别人。"

"你之前进监狱也是因为他？"

乔粟先是愣了一下，后来又觉得季南舟作为一个警察，知道这事也没什么好惊讶的。她低下头："嗯。"

"除此之外，没有别人？"

乔粟笑了笑，又强调了一遍："没有。"

季南舟拧起眉头，没再追问下去："乔粟，这几起案子的共同点我想你应该有必要了解，包括何桉的死。几个死者生前都受到过虐待，尤其是手上，从手腕处的刀伤来看，那些痕迹并不是自己划上去的。刀伤在死者的左手手腕，按着刀痕的深浅和方向，应该是左手割的。所以，凶手要么是左撇子，要么右手不方便。而且，凶手的手很可能被火烧过，他……"

听着季南舟的分析，乔粟的心突突地跳着，左撇子，何皎皎是，宋续燃也是。

"我只是觉得凶手就在你的身边，匿名举报的人应该就是他安排的，所以你刚去何皎皎的新家，警察立马就能找到你。"

"这也只是你的推测吧。"乔粟尽量使自己看起来轻松一些，"其实你们不用这么大费周章，凶手总会找到我的，或许我死了，他也就出来了。"

乔粟很明显地感觉到周围的气压低了几分，她笑了笑："季南舟，我一开始也挺怕的，何桉死了，何皎皎现在可能也有危险，我每天睡觉的时候都觉得有人在外面看着我,就等我睡着,然后杀了我。"

"可是时间长了就不怕了,凶手如果要杀我,我总是逃不过的。"

季南舟不说话。

乔粟低下头:"我已经不害怕谁来杀我了,可是我怕看到别人挡在我面前替我死一回。与其这样,还不如让凶手痛痛快快地站出来杀了我,或者我杀了他。"

"乔粟。"过了好久,季南舟沉沉的声音响起来。

"嗯?"

"没有人能动你。"季南舟站起来,"我说了会保护你,就不会让你受到一点儿伤害。以前是,以后更是。"

乔粟听不懂季南舟的意思,却还是朝着他的背影笑:"季南舟,你太会说话了。"

05

乔粟出来的时候,天已经黑了。

她站在警局门口的台阶上,夜晚的风吹过来带着微微的凉意。她这个时候才意识到白天出来得太仓促,连外套都没来得及穿上,现在身上只有一件单薄的套头毛衣,根本抵御不了这暮冬的寒意。

她看了看周围,向右往公交车站跑去。

季南舟站在门口,那个年轻警察气喘吁吁地跑出来:"南哥,你就这么让她走了,我怎么跟上面交代啊?"

"我做事什么时候用你来交代了?"季南舟侧头看了他一眼,视线又回到前面的那道人影上,"去把我的外套拿出来。"

"啊?"年轻警察一头雾水,可是又不敢再说什么,"哦!"说完便跑进去。

季南舟看了看警局周围,往左边的一家店跑去,出来的时候手里拎着一个袋子。年轻警察站在门口,看了好久才看见他,跑过去将那件藏蓝色的外套递到他手里:"我还以为你去哪里了。"

"嗯。"季南舟应了声,往前看去,似乎还是有些慢了。一辆黑色的车停在公交车站前,从车里下来一个人,黑色的风衣,看不清脸。只见他走到那道单薄的人影面前,动作亲昵地揉了揉她的头,然后将自己的衣服脱下来披在她身上。

而乔粟自始至终都没有动作。

"南哥,你怎么了?"年轻警察似乎察觉到什么不对劲,刚想回头看,却被季南舟一件衣服盖住了脑袋。

"没什么。"

年轻警察掀开衣服的时候,季南舟已经不见了。明明让自己拿衣服过来,现在又把衣服扔给自己,这季南舟是不是神经病啊?

年轻警察一头雾水。

季南舟靠在警局旁边的巷子里,寂静的夜,电话在口袋里振动的声音显得格外突兀,他接起来。

"季南舟。"

"嗯。"季南舟应了一声,"查得怎么样了?"

"我以为你会比我清楚,那个叫乔粟的姑娘。"那边的声音有些笑意。

季南舟看着夜空里飞机划过的痕迹："嗯，算是吧。"

"我没想到乔粟就是那个女孩儿，也低估了你痴心的程度。"

季南舟笑了笑，他自己也明白，这么多年就是没办法忘记这个女孩子。

"可是她已经不记得你，还两次甩了你。"没听到回复，那边又说了句，"没想到季南舟也会有这么一天。"

季南舟没搭理那边的打趣，又问道："那我走了之后的事呢？"

那边笑了笑，淡淡的嗓音讲了一个很长的故事。季南舟听着，偶尔皱起眉头，偶尔抿嘴，月光在他脸上洒上明暗交错的阴影。他问："所以，何桉以前是陈家的情妇？"

"嗯。"

季南舟有些明白了。陈家，在这座城市里算得上是有权有势的家族，却爆出丑闻，陈世德包养情妇，贪污受贿。陈家瞬间没落，家破人亡，一大家子人自杀的自杀，坐牢的坐牢，好像只剩下一个儿子，听说还是私生子，现在却是不见踪影。

至于何桉，大概是被陈世德保护得太好，并没有被媒体爆出来，甚至连乔粟都不知道。但这并不代表就真的没人知道，如果何桉的死和陈家有关，那么，何桉很有可能就是被陈家的人报复所杀。

既然如此，陈家那个儿子，就很有嫌疑了。

季南舟挂了电话，靠在墙上点了根烟。微弱的火光在他指间明明灭灭，他吐出一圈儿烟雾，透过缭绕的雾气，看着巷口的身影。

乔粟站在那里,看着季南舟指间腾起的火焰,照得他整张脸出奇的柔和。

"季南舟。"她喊他。

"嗯?"

他低沉的嗓音,让乔粟心里一颤,一时忘了自己要说什么。

季南舟侧头看了她一眼,很好,她身上并没有穿刚才那个男人的衣服。他长长地吐出一口烟雾,语调不自觉地上扬:"怎么,舍不得走?"

"忘了告诉你一件事。"乔粟说道,"我没有电话,你可以直接来航空公司找我。"

季南舟走过去:"你为什么觉得我会去找你?"

乔粟不说话了,上宋续燃车的时候,她刚好瞥见他走进这条巷子,其实也没什么特别的事,可是刚刚那一刻就是很想回来再看看他。好像总有一种以后不会再看到他的感觉,她回道:"也许凶手的下一个目标真的是我呢?你是警察,你不管?"

季南舟笑了笑:"管。"

他走过去,将手里的塑料袋递到她的手里:"并且,跟我是什么没有关系。"

乔粟看着手里的东西,大概听懂了他话里的意思。

"季南舟。"

"嗯。"

"你要不要考虑,下次见面,如果我还活着,就请我吃个饭?"

季南舟侧过头:"好。"

06

乔粟坐在车上,车窗外疾驰而过的灯光在宋续燃的脸上打下鱼鳞般的光斑。

"没事吧?"宋续燃侧过头看了她一眼,"弥生给我打电话的时候我正在开会,所以才接到电话。"

乔粟摊手,手背上被烫到的地方还有些灼痛感,她笑了笑:"有事没事不是一目了然吗?"

她忽然想起走的时候季南舟给她的那个袋子,打开,是一盒烫伤膏。宋续燃瞥了一眼,微微皱眉:"谁弄的?"

乔粟没有说话,打开盒子给自己擦了一些,冰凉的触感在手背渐渐晕开,掩住了手上的灼热。

"那些警察?"宋续燃的声音越发低沉。

"没事了。"乔粟将药收起来,"我受过的伤多了,你总不能把每个人都拎出来吧?"

宋续燃笑了一声,没再说什么。车子停在红绿灯前,他问:"送你去哪儿?回家还是去何皎皎那里?"

"何皎皎那里吧。"乔粟答道,毕竟自己的东西还在那儿,"待会儿我自己上去就行了,你也挺累的,早点儿回去休息。"

宋续燃笑了一声,偏过头看着她的眼睛:"你在生气吗?"

"没有。"

"那你觉得我会让你一个人回家,坐公交车或者打车?"

乔粟不说话了。

宋续燃闷闷地笑着，难得真的开心点儿，他揉了揉乔粟乱糟糟的头发："好了，不气了。"

"气完了。"乔粟也没什么不承认的，坐在审问室里迟迟等不来宋续燃的时候，她的确有些气，可是也就一会儿而已，而现在，就想惩罚一下他。

宋续燃不知道从哪里掏出一块石头，递到乔粟面前："嗯？"

乔粟接过来，随意地看了眼，扔在包里。

宋续燃看着前面的红绿灯，声音忽然低下来："粟粟。"

"嗯？"

乔粟回过头，看着灯光下宋续燃轮廓分明的侧脸，忽然想起一句歌词：剪影的你轮廓太好看，凝住眼泪才敢细看。

只不过她没有眼泪。

三，二，一。绿灯亮起来，宋续燃重新发动车子，没说完的话随着汽车尾气留在原地。

"没事。"

可是很久之后，宋续燃再想起来，如果那一天把没有说完的话说出来，后来的事会不会不一样了？

可是乔粟一直都没有告诉他答案。

罗照是好不容易才鼓起勇气敲开何皎皎的家门的。

何皎皎打开门，她穿着棉麻的长裙子，黑亮的头发随意地扎在脑后，软软糯糯的声音："罗医生。"

罗照被叫得一愣,随即笑开:"叫我罗照就好了。"

何皎皎走进去,没有关门,罗照觉得,这大概是邀请他进去的意思,便跟在她后面进来。

可是一进屋,一股松节油的味道扑面而来,呛得他格外难受。他缓了缓才走进去,客厅里,何皎皎正坐在画架前,手里拿着笔,偏着头很用力地在画什么,表情认真得有些可爱。

罗照有些想笑。

"你是来替我看病的吗?"何皎皎的声音响起来,在这个空荡的房间里显得有些诡异,没等罗照回答,又说道,"可是我没有病。"

罗照偏头,想起她在飞机上抱着头痛苦的样子,他一度以为她患有飞机恐惧症,一种应激行为障碍。还有她手腕上深深浅浅的刀疤,所以当时出于职业素养,他才向她递了名片。

"我来看看新邻居。"罗照往前走了几步。

"嘘!"何皎皎忽然放下画笔,目光不知道看着房间的哪一处,小心翼翼的声音,"你不要过来。"

"嗯?"罗照的步子顿在脚下。

"他会不高兴的。"

罗照心头一阵寒意:"他?"

"死神。"

"你……看得见死神?"

何皎皎终于把目光放在罗照身上,并不像在开玩笑的样子:"嗯。他就在这里。"

罗照忽然来了兴致,像是猎豹巡视猎物一样打量着何皎皎:"那么,他有说什么吗?"

何皎皎的眼睛很亮,看着罗照,似乎是考虑了一下:"如果你愿意给我当模特,我就告诉你。"

"哈?"罗照看了看自己,如果何皎皎此时的眼神,是画家对于模特的兴趣;那么罗照的,大概是出于医生对于病人的兴趣。

他想了想,看着何皎皎正对面的一张高脚木凳,走过去坐下来:"这样就可以了?"

何皎皎看了一眼,摇头,唇齿间淡淡地吐出三个字:"脱衣服。"想了想,她又加了几个字,"脱光。"

"啊?"罗照皱着眉头百思不得其解,他长这么大,也算是阅历无数,却是第一次被一个女孩子命令自己脱衣服。更要命的是,她说话的时候,声音没有一丝起伏。

"你知道你在说什么吗?"罗照问。

何皎皎点头,不是开玩笑,也不是故意调侃。她侧着头,语气很认真:"画你。"

罗照抬起手摩挲着外套的衣襟,眼睛里一闪而过的光芒,仿佛是猎豹终于找到了属于自己的小羔羊。

良久,他弯着嘴角,笑道:"我觉得,你眼光不错。"

"谢谢。"何皎皎坐下来。

罗照脱了外套,随手扔到沙发上,里面只剩一件单薄的衬衣,松散地套在身上,显得整个人颓废而懒散。

何皎皎看了他一眼,罗照继续解开衬衣的两颗扣子,手指移到腕上,摩挲着袖扣:"何皎皎……"

"嗯?"

剩下的话还没说出口,门铃忽然响了起来。

罗照顿住,何皎皎侧头看向门口的方向,张了张嘴唇:"小乔姐。"

"乔粟?"可是她不是被警察带走了吗?罗照正奇怪着,脑海里一闪而过季南舟的影子,难道……

等他再回过神来,何皎皎已经走去开门了。

罗照忽然有一种被捉奸的感觉,这女孩儿难道没有羞耻心的吗?好歹是自己的屋子里装着一个衣冠不整的男人,传出去坏的可是她的名声。

他来不及制止,一把抓起沙发上的衣服,左右看了看,飞快地钻进阳台,躲在一堆绿植后面。

开门的声音,然后是进门的声音,果然是乔粟。

罗照屏住呼吸,手机却响了起来,居然还有铃声,他迅速地关掉声音,咬牙切齿地看了眼屏幕——季南舟。

他毫不犹豫地挂了,却又响起来,再挂再响,没办法,他接起来,很用力的气音:"你是不是疯了?"

"在哪儿?"季南舟却不咸不淡地问道。

罗照看着隔壁自家亮起来的灯:"你居然又撬我家门?"

"嗯。你不在家。"

"靠!"

"你在偷情?"

"滚!"罗照挂了电话,虽然自己的确像在偷情,他看了眼屋内,小心翼翼地站起来,刚准备起身从阳台翻过去,屋子里却已经传来人的声音。

"小乔姐。"

"弥生已经走了？"乔粟进来，皱了皱鼻子。

"找到宋大哥后就让他走了。"何皎皎回道。

乔粟绕了一圈儿："这屋子里还有别人？"

何皎皎看了一眼空落落的高脚凳："刚刚有。"

"谁？"

"罗医生。"

罗照在外面舌头都要咬断了，他还没见过何皎皎这么实诚的姑娘，好在乔粟没有继续问下去。

"那我先回去了，后天要出差一趟，有事的话可以找宋续燃。"

"我不会有事。"

"嗯。"乔粟应了声，又想到什么，"还有，不要和罗照走得太近。"

何皎皎点点头，想起什么似的，问道："小乔姐，罗医生会是好人吗？"

乔粟却想到了季南舟的脸，物以类聚，人以群分，她回道："不是。"

罗照终于听见关门的声音，他松了一口气，乔粟真是一个极其阴险的女人。他从一堆草中站起来，就看见何皎皎站在落地窗前，侧着头看他。

罗照拂了拂身上的叶子："你觉得我不是好人？"

"不知道。"

罗照笑了声,走出来:"我确实不是什么好人。"

"言而有信。"

"嗯?"罗照不明所以。

"你当了我的模特,所以我可以告诉你。"何皎皎看着他,目光有一丝倔强,"死神说,我会在二十岁生日的那天死去。"

罗照眯着眼睛看着她。

何皎皎光着脚站在阳台上,惨白的月光照在她的脸上,让她看起来像是透明人一样,显得格外不真实。

罗照心里不屑,问道:"你现在多大?"

"十九岁。"

"那如果我觉得,你可以活到九十岁呢?"

何皎皎不明白,罗照走到她面前:"所以,这样的话,你是相信我,还是死神?"

"死神。"

何皎皎没有任何犹豫,罗照却不再说话了。他走进屋里,路过客厅的时候,看见何皎皎画板上的线性草稿。

简单的轮廓,好像是他的样子。他停下来:"何皎皎,你有没有听过一句诗?明月何皎皎,照我罗床帏。"

身后一直没有传来任何声音,他低头笑了一声:"刚好,我是另一个死神。"

何皎皎看着头顶一轮明月,轻轻呢喃着:"明月何皎皎,照我罗床帏。"

那乌云漫天的时候,又安于何处?

罗照回去的时候，季南舟在他的阳台上抽烟，楼下一辆车子转了个弯，车灯照亮前面的路。

季南舟回过头来看着他："隔壁阳台好玩吗？"

罗照看他："你看见我了？"

季南舟不说话，罗照却瞬间明白了："所以你才不断地打电话，就是想我弄出点儿动静？"

季南舟将剩下的半根烟按在烟灰缸里："不然你以为，我是真想你？"

罗照今天没有心情对抗他，兀自叹了口气，躺在藤椅上："你把乔粟弄出来的？"

季南舟低着头："还轮不到我。"

罗照嗤笑："明明是你想做的事，从来都轮不到别人。"

季南舟沉默。

罗照眼神忽然飘忽起来，他看着头顶一轮皎月："何皎皎。"

季南舟看他："嗯？"

"何皎皎真是个奇怪的女孩子。"

季南舟笑："比起以前的各种女人，还是第一次听你说女、孩、子。"

罗照眼里回味无穷的意味被季南舟看穿，他笑了一声，想起什么："你准备……什么时候去找夏蝉？"

季南舟想了想，道："过几天。"

第四章

返景入深林

01

晚上六点,飞机抵达和歌山上空。

乔粟拉开舷窗的遮挡往下看,一片漆黑的山脉,透着一股荒凉的气息。弥生坐在旁边,右手依旧缠着石膏:"小乔姐,对不起。"

乔粟已经听他道了一路的歉了,无非是自己的胳膊没有如期好起来,耽误了她的工作。可是他不明白,为什么宋续燃还要让他跟过来。

乔粟一眼看出他的疑惑,解开安全带站起来:"宋续燃大概觉得,你可以充当一下联络员。"

"啊?"

弥生下了飞机才明白乔粟说的是什么意思,他刚打开手机,宋续燃的电话就打过来了。

"到了?"

弥生手上还提着东西,有些困难地把电话夹在肩膀上,应道:"嗯,宋机长，我们刚到。"

"和歌山海拔还是有些高的，她的背包里面有便携的氧气罐，还有一些压缩饼干和营养液，记得提醒她按时进食。她喜欢到处乱跑，你要跟在她后面，不要让她落单……"

弥生认认真真地听着。

"我两天后过来。"

宋续燃那边挂了电话。

乔粟在前面停下来，回过身等弥生，他挂了电话小跑着追上来："小乔姐。"

"宋续燃说什么了？"乔粟问了句，忽然又改口，"算了，除了那几句话，他也说不出别的什么。"

弥生刚到嘴边的话又咽了回去，他跟上乔粟："小乔姐，你为什么不用手机呢？"

乔粟回答得理所当然："因为没有需要联系的人啊！"

"那宋机长呢？"

乔粟想了想："他很少想起我的，我也没必要一直等着他。"

"啊？"

弥生有些不理解，他明明觉得，宋续燃巴不得在乔粟旁边安装一个监视器，时时刻刻看着她的一举一动，怎么会很少想起她呢？

大概连宋续燃都不知道乔粟在想什么，所以自己又瞎操什么心。

弥生看着前面乔粟的背影，叹了口气追了上去。

搜救队的据点在深山里。乔粟他们直接跟着队伍一起坐上机场大巴，一路上都是坑坑洼洼的山路，晃得人有些头晕。

乔粟坐在最后一排，很努力地抓住扶手，尽量使自己平稳一些，可还是免不了随着车子一起跳跃。本来昏昏欲睡的困意现在是一点儿都没有了。倒是弥生，镇定自若得好像还挺乐在其中的。

路终于平坦了一些，乔粟喘了口气，总觉得有种刚跑完八百米的感觉。她看了眼弥生："你看起来很享受？"

弥生愣了一下，笑起来："我们家以前就在山里，这样的路早就走习惯了。"

"住山里？"

乔粟有些不相信，在她看来，弥生不管是气质还是长相，分明是一个不食人间烟火的小少爷的样子。

她甚至怀疑过他们航空公司的总裁是他爸。要真住山里，可能也只是进山修身养性的。

"真的！"弥生又强调了一遍，"我们山里的小道比这里还要烂。我以前上学，都是村里唯一有拖拉机的大叔送我，一路沟沟壑壑，我就坐在拖拉机的后面，一边颠簸着一边看着头顶飞机划过的痕迹，就想，要是我能坐上飞机就好了。"

乔粟看着弥生。弥生脸上的笑，在昏黄的车灯下显得格外真实。

她张了张嘴："没事……你以后造飞机赚钱了，就回去给你家乡修路，挺好的。"

乔粟觉得弥生大概没见过她这么不会安慰人的人，正准备住嘴，弥生却点头："嗯，那到时候请你来我们家玩啊，我妈……菜做得挺好的。"

乔粟笑了笑，她向来对约定这种事情不抱有任何期待，至于对弥生那不走心的安慰也只是一时兴起而已。

乔粟想，宋续燃说得没错，她其实是一个心肠很硬的人。

乔粟靠在窗户上，看着外面漆黑的山路。窗外漆黑一片，只有车灯照亮着周围树的轮廓阴影，让她觉得车子的确是在前进的。

呼吸喷洒在玻璃上，蒙上一层白白的水汽。她伸出一根指头，在玻璃上一笔一画写着什么。想了想，她又伸出整只手一把擦去了所有的字迹。

"弥生。"

乔粟回过头，才发现弥生不知道什么时候已经睡着了。

她看着他，很年轻干净的脸，闭上眼睛睡觉的样子像是小天使，要是走在校园里也一定深受很多女孩子喜欢吧。

乔粟忽然有些忘记自己刚刚要问弥生什么来着，她笑了笑，不过，要是没有发生那些事情，何皎皎会喜欢这样的男孩子吧？

02

车子到达目的地的时候已经是晚上十点多了。

弥生揉着惺忪的睡眼跟着乔粟从车上下来，他环视了周围一圈儿，一片荒山野岭之中，不远处搭着几顶帐篷，存放的是刚刚从深山里搜寻出来的遇难者遗体。再远点儿停着几架用来空中搜救的直升机，看得出来受损已经很严重了。

弥生背着所有的包站在乔粟后面，来接他们的是搜救二队的领队，姓陈，三十多岁的样子。

陈领队看了眼乔粟，目光又落在弥生的手上，乔粟看出来他想说什么，先开口道："我的助手。"

话是这么说，可这边本来就都是伤残，派过来救人的还是个伤残，陈领队好像很不满意的样子，又想着毕竟是宋续燃安排过来的人，也就没有说什么。

他朝着乔粟道："今天晚上就先休息一下吧，明天开始正式维修搜救，先跟我过来领帐篷和生活用品。"

弥生将东西放下来："我来吧。"他又看向乔粟，"虽然宋机长交代我不要让你一个人待着，不过我觉得他也舍不得让你干苦力。"

乔粟看了看他的右手。弥生笑："没事，我灵活着呢。"

乔粟没说话，大概觉得他应该也只有这个用处了，毕竟人总要找到自己的价值才能有升华自身价值的动力。

她偏着头："去吧，我就在这里等你。"

陈领队把东西交给弥生，站在帐篷门口有些无奈地叹了口气。

穿着蓝色冲锋衣的男人刚好从外面回来，有些奇怪地看着他："怎么了？"

"好不容易等到维修中心派人过来，却派了一个女人，还带着一个伤残的保姆，你说那边是怎么想的？"

"飞机维修师？"男人挑眉，一双黝黑的眸子在夜里却显得格外亮。

陈领队点点头，继续叹气："你说一个女人，在深山老林里干这么辛苦的事，就算技术再怎么好，也不合适吧。"

男人若有所思地看着前面亮堂点儿的地方，嘴角扬起一丝笑意："没有谁比她更合适了。"

"对了，今天怎么样？"陈领队想起什么，搜救已经第四天了，活着的人可能会越来越少。这和歌山地势复杂，只能靠直升机来确定搜救位置，盲目放人过去搜救只怕有去无回。

他已经有些绝望了，而上面又一直压着他，不能撤退，又前进不了。不过，这个男人出现后，好像稍微顺利了那么一点儿了。

"山的南面又找到几个人，顺路摸下去应该还有，等天亮了，再过去看。"

陈领队点点头，长舒一口气，可是总觉得，这事没有个尽头。

乔粟觉得这顶帐篷一定是跟她有仇。

她可以十分钟组装一个飞机模型，却半个小时搭不好一顶帐篷，偏偏只有一只手能活动的弥生还指望着她过去帮忙。

她将手里的钉子扔在地上，如果不是太冷，她甚至想就这么敞着睡在外面了。

"小乔姐！"弥生在那边喊她。

乔粟深吸一口气，踢开前面的石子，双手插在兜里慢悠悠地往那边走过去。

二百米的距离她花了三分钟。乔粟停在弥生面前，看他一只手拎着一堆布，整个人都有些蔫了。

"为什么不让别人帮忙搭一下？"

乔粟白了他一眼："你是过来帮忙的，不是过来被帮的。"

"可是……"弥生泄了气，晃了晃自己缠着绷带的手。乔粟说得没错，要是现在就找人过来帮忙，那他还真是个废物了。

乔粟从他手中夺过帐篷，侧头看着旁边帐篷的构造。好一会儿，她蹲下来，手里拿着棍子在地上画着什么。

弥生正准备走过去看看，她却忽然站起来，一个眼神射过来："站那儿别动。"

弥生老老实实地定在那里，然后看着乔粟一言不发地折腾着那堆布，半小时后，终于算是搭好了。

乔粟拍了拍手，一副别以为我好惹的表情，对着弥生说："动。"

弥生走过来，小心翼翼地试了试，帐篷虽然有些不稳，但如果不刮大风，还是可以保暖的。

乔粟缓了一会儿，回去还有一顶，想想都觉得心累。她准备回去，弥生跟上来，她瞪回去："你觉得你真的有用？"

弥生想了想："没有。"

刚刚的确是乔粟一手搭好的帐篷，他连送个水的机会都没有，所以现在只能默默地看着乔粟回去再搭一个帐篷。

"小乔姐！"

乔粟在前面停下来，弥生朝她招了招手："晚安啊！要是没搭好，你就来我这边睡，我睡外面！"

乔粟没理他，回到自己的据点，十分奇怪。

刚刚还是一团乱的帐篷现在没有了，取而代之的是已经搭好的帐篷，门口甚至还搭上了驱虫灯。

她又确认了一次，自己的确没有走错地方。目光扫过周围的人，弥生那边住的都是搜救队的男人，她这边住的则是医疗队的护士们，还有一些来不及运回医院的伤者。大家都比较忙，所以也不知道是谁实在看不过去了，帮了她一把吧。

既然这样，她也没必要客气了。

乔粟拉了拉冲锋衣的领子，手揣在口袋里走向帐篷。只走了三步，她忽然停在了那里。

一阵风吹过来，带着草木的味道。

她缓缓抬起头，看着前面那架直升机。

螺旋桨已经歪在了一侧，立脚架断了半边，整架飞机正以一种诡异的角度维持着平衡，摇摇欲坠仿佛随时都可能倒下来的样子。

而且直升机的后面，好像有人。

乔粟走过去，脚下泥土被踩得吱吱作响。月光下，他站在那里，一身蓝色的冲锋衣，露在外面的手背上有被划伤的痕迹。

他侧过头，半张脸被光影勾勒出完美的轮廓，一双眼睛比山林的夜还要黑一些。

乔粟愣了一下，才确定真的是他："季南舟。"

季南舟看向她，嘴角漫开一丝笑："好巧。"

"你怎么在这里？"

"等你。"

"不信。"乔粟想了一下，走到他身边，两人的影子在月光下并排在一起，毫不违和。乔粟将目光从地上移到他的脸上，"季南舟，你果然不是普通的警察。"

季南舟笑："我什么时候说过我是警察了？"

乔粟想了想，无所谓，反正总不是什么好人。

她忽然想起什么："你帮我搭好了帐篷？"

季南舟不置可否，乔粟又问道："所以你看了多久？"

季南舟想了想："从你来的时候。"

"无耻。"乔粟从牙缝里吐出两个气音，所以就是故意看她出了半天洋相？

"还好。"季南舟声音淡淡的，"虽然没见过你修飞机的样子，至少见过你修摩托车，比搭帐篷要出色很多。"

乔粟环起胳膊："你太小瞧我了。"

"是吗？"季南舟笑，"可是在这里就不一样了。乔粟，这里还挺危险的，我相信你能力不错，可是有些问题你不一定能解决。"

"你就是来提醒我这个的？"

"也不全是。"季南舟往前走着，转过头来问她，"我们之间有个约定，还记得吗？"

乔粟偏头："不记得了。"

季南舟笑了一声，没有说话，可是乔粟却莫名地读懂了他眼里的三个字——跟我走。

03

乔粟没想到，季南舟指的是那一次从警局离开时，她说的那句，"如果下次见面，我还活着，就请我吃饭"这个约定。

她有些无奈地笑着,看着旁边专心生火的季南舟:"你就这样……请我吃饭?"

"我保证,在这个地方,这是最丰盛的食物了。"

季南舟找了些树枝、砖瓦搭了个临时的灶台,下面生火,上面架着一口铁锅,锅里"咕噜咕噜"地煮着泡面,手法看起来还挺娴熟的。

缭绕的水汽之间,他抬眼看向乔粟:"过来?"

乔粟犹豫了一下,走到他旁边坐下来,他们前面是漆黑的深崖,背后是死里逃生的人。乔粟有些想笑:"还是第一次有人说请我吃饭,是来山上吃泡面的。"

季南舟轻轻搅动着锅里的水:"那你吃的都是什么?山珍海味,满汉全席?"

"不是。"乔粟摇摇头,情绪忽然低下来,"我喜欢吃面,吃的总是面。"

季南舟抿着嘴,嘴角弯着好看的弧度。

乔粟回过神,斜着眼睛看他:"很好笑吗?"

"没有。"

季南舟回答得一本正经,从锅里挑了一碗面出来,端着碗递到乔粟的面前。乔粟看了看,所有的配菜涮肉之类的全在她的碗里。

她抬眼看向季南舟,他笑道:"我可是把所有的食材都偷过来了,要是比不上你自己吃的那碗面,那我也没办法。"

乔粟接过来,温热透过瓷碗传到手心,更准确一点儿,应该是心尖上,她的声音被风吹得有些飘忽,她喊他:"季南舟。"

"嗯?"

"很好了……"她紧紧盯着碗里的面,"我吃的,总是白水煮面。"

季南舟笑,看着她捧着碗,像是小孩子一样,将两根筷子对齐,然后低着头一板一眼地吃着碗里的面。

季南舟看着她:"乔粟,其实你挺可爱的。"

乔粟差点儿被面条噎死,她停下筷子,半晌后,回过头看他,手里的碗重重地放在他的面前,汤汁溅到他的身上。

乔粟嘴角浮起诡异的笑:"我还有更可爱的地方,你要不要试试?"

一,二,三,只过了三秒的时间,季南舟腾地从地上跳起来,看着自己差点儿着火的袖口,无奈地笑:"仅此而已?"

乔粟跟着站起来,将手里带着火星子的树枝扔在地上:"不然你还想要什么?"

话音刚落,口袋里似乎有什么东西在蠕动,她一惊,伸手去掏,毛茸茸的,是一只兔子。

乔粟提着兔子的耳朵,比起差点儿被吓到,还是愤怒更多一点儿,所以季南舟早就知道她在烧他的衣服?

"有意思吗?"她将兔子放在地上,直起身子看向季南舟,"你应该把它煮了给我吃,或许更有意思。"

"不错的建议。"季南舟似乎还真认真地想了想,"下次请你吃兔子?"

"没有下次了。"乔粟拍了拍自己身上的灰,"你需要在这儿待几天?两天?我记性不怎么好,有点儿脸盲,所以你过两天回去后,我可能就忘了你了。"

乔粟很明显地觉得周身的温度低了几分,季南舟双眸沉了沉,一步走过来抓住她的手腕。

乔粟挣了两下没挣开,由着他掰开自己的手指,什么东西被放进她手里,她摊开,是一个银色的哨子。

乔粟不明白他又想玩什么。

"你的记性我算是领教过了。"季南舟比她高出一个头,不知道是不是夜太深,还是距离太近,他的声音在她头顶格外有磁性,"不过没关系,我总能让你记住我。"

"这是什么意思?"乔粟往后退了一步,试图用轻蔑的眼神来掩饰自己心里的慌乱,她晃着手里的哨子,"驯兽员?还是佣兵队长?又或者是用来抓兔子的?"

"就是你想的那个意思。"

乔粟心里一顿,她看不懂季南舟的眼神,也不敢去看他的眼睛。远处有人叫他,喊的是南哥,似乎有什么事急着找他过去。

季南舟却不慌不忙,看着她的眼睛:"想扔掉的话至少得等你离开这里。"

"你在担心我?"

"是。"

"为什么?"

乔粟紧紧地盯着他。

季南舟没说话,低下头意味深长地笑了,转身准备离开。

"那你跟着我不就好了?"她叫住前面走了几步的人,"季南舟,你既然不放心,就跟紧我,不要让我丢了,不要让我出任何事。"

季南舟没有回头,乔粟也没看见他眼底淡淡的笑意。

乔粟，跟我在一起，你不会走丢，不会受任何伤害。

只是，现在还不是时候。这一次，总得你自己记起来不是？

季南舟回到据点，陈领队走上来，看了眼后面崖边的黑影。

"那是乔粟？"

"嗯。"季南舟淡淡地应了声，挡住他的目光，"有什么事吗？"

"这是明天的搜救位置，找完这两个地方，差不多就找遍了。"陈领队叹了口气，"你说，还有人活着吗？"

季南舟看着手上的纸，没有说话。

陈领队看了季南舟一眼，心里暗暗祈祷着季南舟要找的人最好不要找到，否则的话，他应该就会抛下所有的失联者不管他们死活了。

季南舟将纸递回陈领队手里，口袋里的电话响起来。他拿出来，大步往前走着，找了个安静点儿的地方。

"季南舟。"

"嗯？"那边的语气让季南舟心里莫名一紧。

"夏蝉现在什么情况？"

他揉了揉太阳穴："还在寻找。"

"死了吗？"

季南舟有些头疼，哪有哥哥这样问妹妹死活的，他声音有些疲惫："还没，盒子上显示还有生命体征，不过应该快了。"

"定位呢？"

"弄丢了或者被她给扔了。"

短暂的沉默之后，那边的声音又沉了几分，似乎正压着不小的怒气:"我明天回来。"

"嗯。"

季南舟挂了电话,又一个电话打进来,这次是罗照。

"怎么样?找到了吗?"

"还没。"

罗照那边倒是情绪很高:"那你搞个屁,人都没找到为什么这么累?"

季南舟想了想:"大概是追乔粟追的。"

"追……乔粟……你说的是认识何皎皎的那个乔粟?"罗照用难以置信的语气断断续续地问,"季南舟,她是不是就是五年前,抛弃了你的那个女人?"

季南舟挂了电话。

除了她还有谁?不过也算不上抛弃,毕竟那个时候他也没有说自己是谁。

只是明明被乔粟搞得已经够累了,偏偏那两兄妹还不知死活地选在这个时候回来……如果可以的话,他真想早点儿结束这些破事,然后把乔粟打晕装在麻袋里拖走。

可是那样的话,他可能还得砍断她的腿。

04

乔粟睡得很浅,大概五点多的时候,就被外面窸窸窣窣的声音弄醒了。

她打开帐篷钻出去,天还没有亮,只有远处泛起的一丝丝灰白。

不过跟昨天晚上她来的那个时候比起来，这个点的人却要更多一些。

大概是想赶在天亮的时候进山，尽可能地多争取一些时间找人。

乔粟走了两步，爬到一架废弃的直升机上，站在机身顶上看着不远处整装待发的人。

她一眼就看见了季南舟，坐在最前面那架直升机的机舱里，很模糊的轮廓，却有着跟别人不一样的凌厉。

乔粟笑了笑，其实她忘了告诉季南舟，在这里见到他还挺开心的。螺旋桨转动时发出巨大声音，带起强劲的风，吹乱了乔粟的头发。她看着那些飞机慢慢离地，总觉得季南舟有那么一刻好像看过来了。

插在口袋里的手碰到了那个冰凉的哨子，乔粟脸上的表情一瞬间僵硬了，现在这算什么，鬼迷了心窍？

"乔粟小姐。"

乔粟将目光从那边收回来，看着下面的男人，深色的登山衣上还算干净，可手上的手套却被磨损得有些厉害，特别是左手，都磨出了洞，露出里面同样污浊的手。

她从飞机上跳下来，站定在那人面前："你叫我？"

对方将一张纸交给她："这是你今天的工作任务和一些飞机的紧急降落地点。这里暂时只有你一个维修师，任务可能有些重。"

乔粟接过来，虽然对脸没什么印象，不过隐隐觉得他应该就是陈领队了。

"宋机长交代的，最好写在纸上告诉你。"

"谢谢。"乔粟说了句，看着陈领队似乎欲言又止的样子，"有什么就直说吧。"

陈领队犹豫再三："乔粟小姐应该也是明事理的人，我不知道宋机长为什么执意让你过来，但是这里毕竟不比你以前见过的小打小闹的场面，这里的一分一秒都关系着人命。"

乔粟听着，脚尖蹭着地面的石子："派我过来自然是因为这件事只有我能胜任。"

"可是……"

也是，一个女人，脸盲、路痴、不记事，最关键的是……乔粟笑了一声，有时候她自己都不敢相信自己，可是宋续燃偏偏要命地相信她。

"我还是挺相信季南舟的。"陈领队说道。

乔粟愣了一下："季南舟？"

"嗯。"他应了一声，又接着说，"算了，现在也没有别的办法了。"

"季南舟……他究竟是什么人？"乔粟喃喃道。

陈领队似乎很意外她会这么问，若有所思看着她，好久才回道："我只知道他以前在特种部队干过，其他的我也不知道。"

"那他为什么会在这里？"

"找人吧。"陈领队叹了口气，远处弥生似乎也是被吵醒了，正往这边走过来。

陈领队接着说道："好像是他那边很重要的人也在这次事情里边，顺道帮我们一把。"

弥生走过来："小乔姐、陈领队。"

"有什么事可以随时找我。"陈领队说完就走开了。

弥生走过来，看着陈领队的背影，有些奇怪地问道："陈领队这么早找你干吗？"

乔粟没说话，看着渐渐亮起来的天色，远处山顶盘旋着几架小小的直升机，搜救人员像是小小的石子一样从直升机上跳下来，又隐于山林之间。

"小乔姐？"弥生又喊了一声。

乔粟回过神来："东西收拾好了吗？"

弥生反应了一下才知道她说的是机修工具："嗯，都准备好了。"

"那我们也出发吧。"

"对了。"弥生跟在乔粟后面，忽然想到什么，"今天早上宋机长有找你。"

乔粟钻进帐篷拿了些东西，弥生接着说道："不过也没说什么，应该是不方便跟我讲吧。你要不要给宋机长回个电话？"

"不用了。"乔粟在腰上系好挎包，出来。

"可是……"弥生没有说下去，他有些不明白乔粟对宋续燃的态度，好像明明是磁石的两极相互吸引，到他们这儿却又相互排斥。

弥生还不明白，他赶回去拿了工具包追上乔粟，路过某一处的时候，看见陈领队正站在那里，半个身子掩在树影中，像是在看他们，又不像。

05

两人在山上一直忙到中午，换了三个地方，最后还爬到山顶的一个悬崖边上。太阳从云层中挣出来，终于扫去了一点儿寒意。

弥生打了个冷战，找了个地方坐下来，看着躺在飞机底下的乔粟，悠悠地说了句："快三月了吧。"

乔粟撑着铁杆滑出来，斜着眼睛看了他一眼。

弥生被看得心里一寒，他慌忙站起来："小乔姐，你饿了吧？要不我们休息一下吃个饭吧。"

乔粟没理他。

弥生翻着乔粟带来的包，里面装的东西却都不见了，只剩一些机械手、鱼口钳之类的东西。

"小乔姐，宋机长在你包里放的东西呢？"

乔粟停下手里的工作，想了一下："拿出来了。"

"啊？"

"我们又不是出来野炊的。"

弥生没了力气，瘫坐在地上："那我们吃什么啊？我还以为你带着那些干粮，昨天领食物的时候我担心装备太多就没去领，现在我们是要饿死在这里吗？"

乔粟这才觉得好像是有点儿饿了。

弥生看了眼来时的路，有些无奈："那现在回去吗？"

"不行。"乔粟拒绝道，"还有两个地方，完了还得去西边装助航灯。"

"可是……"弥生话憋在嘴里。

乔粟走过来："你先回去拿点儿吃的过来，我就在这里。"

"啊？"

乔粟从包里拿出机械手，没给弥生拒绝的机会，又回到直升机旁。

弥生张着嘴看着她："可是你一个人在这里……"

"所以你还不快点儿?"

弥生想了想,把手机掏出来:"那我手机放在这里了啊,信号可能不怎么好,不过找找还是有的,要是有什么事你给我……给宋机长打电话。"

乔粟没应,弥生站起来就往回跑。乔粟再看过去的时候,人已经不见了,甚至都来不及问他,还记不记得回去的路。

弥生刚走,他的电话就响起来了。乔粟放下手里的工具,走过去,屏幕上显示的是宋机长。

她拍了拍手,可拿起来那边却挂了。乔粟看着屏幕上闪动的未接来电,弥生是不是忘了告诉她密码?

乔粟等了一会儿,宋续燃没有再打过来。屏幕左上角的圆点都变成了空心的,大概是信号不好打不过来。

可是……

风吹着林间的树叶沙沙作响,还有鸟扑棱翅膀的声音,乔粟的表情忽然变得严肃起来,她拧着眉心,仔细地听着,果然,在悬崖的那边,有人的声音,准确地说,是人呼救的声音。

乔粟站起来,环视着周围。空无一人的山头,虽然离据点不远,可是刚好是那边的死角,据点的人是没有办法看到这边的。

而且,附近的地形虽然不是很复杂,可是对于她来说,也许离开了这个地方就找不回来了。

乔粟静静地站着,而那边呼救的声音越来越清晰。

也许只有宋续燃知道,乔粟其实是一个很可怕的人,像是一具没有感情的行尸走肉一般,越是危险的地方,她越感兴趣。

就像人都有求生的欲望一样，乔粟却对那些濒临死亡的危险味道更在意。甚至在收到那些残忍至极的杀人视频的时候，第一反应不是害怕，好像平静的生活忽然多了一丝涟漪，内心会有一种可怕的快意在膨胀。

她不记得自己从什么时候开始变成这个样子的，也许是何桉死的时候，自那一天开始，她就学会了怎么不掉眼泪，心如死水。

所以现在的乔粟，已经没有什么好怕的了。

手里的手机又响了两声，乔粟接起来。

"陈弥生。"宋续燃沉沉的声音透过听筒传过来，带着一丝与往日不同的冰冷嘶哑，就连乔粟都有些心悸。

她缓了一秒，说："是我。"

"粟粟？"那边顿了一下，大概是信号不好，声音断断续续的，却恢复了乔粟习惯的语气，"还好吗？"

乔粟来不及说话，又断线了。她看了眼屏幕，将手机扔在地上，心里总觉得哪里有些奇怪，可是现在她还有更感兴趣的事去做。

乔粟往前走着，细碎的声音越来越近，终于能辨识出来，是一个女孩子，声音已经有些嘶哑无力。

乔粟又往前走了点儿，停在山涧边，下面是密密麻麻的一片树林，盘根错节的树木杂草挡住了视线，隐隐能看见一条秃了的小路。

乔粟大概能确定声音就是从下面传上来的，她对着下面喊了一声，将脚边的一块石头踢下去，石头压断草木发出窸窸窣窣的声音，然后又顺着山坡滚落。

随后那女孩子回应道:"啊,小姐姐,我在下面!从小路下来大概三米的一个陡坡,有很多杂树,再往下是小溪……"

乔粟顿了片刻,根据刚刚石头落地的声音来判断的确是三米,可是如果下面杂树太多,她不确定自己跳下去会不会受伤。

乔粟皱了皱眉,跳下去。落地的时候手撑在地上,被地上尖锐的石头划了一下,她停了片刻,才站起来。

大概是树木太密的原因,只有微弱的光可以透进来,里面到处都是杂乱生长的灌木,阴暗潮湿。

声音又响起了:"小姐姐,听得到我的声音吗?我在洞里,洞口被堵住了,是一块很大的石头……"

她顺着声音往那边走去,靠着石壁敲了敲:"你在这里吗?"

里面的声音也很镇静:"是。"

乔粟往后退了几步,差不多到她胸口的大石头,她肯定没办法推开的,她摩挲着腰间的挎包,有一些机械手和螺钉,没有任何用。

"你等我一下。"乔粟说着,沿着原路回去,一路爬上刚才的断崖。那里有一个薄型千斤顶,应该用得上。

乔粟再回来的时候,里面没了声音。

她敲了敲石壁:"还在吗?"

"嗯……"气若游丝的一声回应。

乔粟装好千斤顶,因为只是简易型的,还是有些吃力。她将石头举起一点点,如果从里面推的话应该很好推开,可是里面的人应该已经没什么力气了。

乔粟忍着手上的痛,应该是刚刚下来的时候扭到了。她奋力推开石头，一声沉响，巨石顺着滑坡滚下去。

乔粟拂开洞口的碎木，里面的女孩子靠坐在石壁上，是一个穿着红色冲锋衣的短发女孩子，白净的脸上沾满了泥土灰尘，还有一些伤痕。

乔粟过去扶起她："可以动？"

"嗯。"她眯了眯眼睛看清眼前的人，大概是有些不适应忽然而至的光，伸手挡在眼前，"谢谢你。"

她缓了几口气，借着乔粟的支撑奋力站起来，却没注意到石洞上壁有零零散散的石块掉了下来。乔粟眼疾手快地推开她，却被突然滚落的一块二十斤左右的石头砸在了腿上，乔粟一个踉跄跪在地上，腿上的痛感神经直击大脑。

"小姐姐……"

"没事。"乔粟皱了皱眉，推开石块站起来，"我们出去吧。"

两人相互搀扶着走出洞口，可是刚见到光，乔粟便支撑不住了。她找了棵树靠住，有些吃力地说道："这样，你先顺着那条路上去，待会儿可能会有人带着食物过来，你带他过来找我就好。"

"可是……"

"除非你能把我背上去。"

少女看着乔粟的腿，隔着厚厚的军裤，已经有血渗出来了，她咬咬牙："那你等我回来。"

第五章

三月弥生至

01

季南舟回来的时候没看到乔粟。他找到陈领队,对方正在分吃的。

季南舟走过去,没管前面多少人,问他:"乔粟去哪儿了?"

陈领队手上的动作没停:"你说那个维修师?应该去装探照灯了。"

"这个时候?"季南舟隐隐觉得不对,

"嗯。"陈领队脱了一只手套,露出沾满灰尘的左手。季南舟眯起眼睛看着他依旧戴着手套的右手:"陈……领队?"

不对,年龄不对。

陈领队被他的眼神吓得不轻,说话都有些结巴:"我真不知道,她早上出去就没回来过,倒是那个跟班的回来拿过吃的,到现在我也不知道……"

季南舟极力压着声音里的怒气,尽量忽略他的右手:"你让她去哪儿了？"

"西边断崖台……"

"那架明显被废置的直升机？"

陈领队不敢说话，季南舟笑了笑："很好。"他一把捉住陈领队的右手，摘了手套，果然不是。

陈领队莫名其妙地看着他的一系列动作，可是也不敢说什么，只能老老实实看着季南舟。

"她那个跟班呢？"

陈领队想起什么，慌忙找出一堆纸，从里面翻出一张递过来："这里有他电话……要不试着打过去？他叫什么……弥生？"

季南舟接过来，看着纸上的资料，瞳孔忽然急遽收缩，弥生……陈弥生？

他一把甩开陈领队，声音阴鸷得可怕："现在我不动你，可是她如果有任何伤害是你造成的，那你绝对白活了这半辈子。"

季南舟收拾了些东西，快步往那边走去，期间给罗照打了个电话："陈家那个私生子叫什么？"

"上次查出来，叫陈时生啊。"

"陈弥生。"

"啊？"

"十分钟内查出这个人。"

"为什么？"罗照一头雾水，可是季南舟已经挂了电话，他低声嘟哝着,"什么陈弥生的,他是不是有病?"

光着脚的少女坐在画板前,停下手里的画笔,声音像是幽灵般:"弥生,在小乔姐身边。"

"你说什么?"

乔粟等了好久,才听见一阵慌乱的脚步声,踩断了地上潮湿的树枝。

"小乔姐。"弥生背着包慌乱地跑过来,看着她腿上被简易包起来的伤口,眼底有一丝恍惚,"小乔姐,你没事吧?"

乔粟有些奇怪地看着他:"疼在你身上了?"

弥生回过神:"没事,我不知道你受伤,忘了带药过来。"

乔粟靠在树上,仰着头:"没事,就是有点儿饿了。"她侧头看向弥生,忽然想起什么,"那姑娘呢?"

"她身上都是伤,先回去休息了。"

乔粟看了他两眼,有些无奈:"带吃的了吗?"

"带了!"弥生从侧包里倒出一些桶面,还有打火机什么的。

乔粟忽然觉得分外疲惫:"你去打点儿水,找点儿枯枝过来,我们把这个吃了再回去。"

弥生看了看天色:"可是……"

"我右腿可能不能动了,我也不知道你一个人来,是想怎么把我带回去?"乔粟说着,掏出鱼口钳在地上拨开一块干燥的地方,"所以你得让我先吃点儿东西,补充点儿体力,至少我可以单腿跳。"

弥生有些愧疚地点点头，然后立马抱着水壶和桶面就去小溪那边弄水。

乔粟看着弥生的背影，总觉得他好像有些不对，可是又说不上来，好像是又变迟钝了些。

天色已经有些暗了，深林里难免有些诡异。乔粟在附近捡了些枯枝，聚在一起燃了个篝火。

橙红色的火光映在乔粟的脸上突突地跳动着。

弥生回来时愣在篝火前，倒映着火光的眼睛没有任何焦距，似乎像是丢了魂魄。

乔粟看着他的眼睛，好久，轻轻地叫了声："弥生？"

弥生回过神，走过来，将桶面递到她的手里："这……这个。"

短暂的接触，弥生的手指一片冰凉，她小心翼翼地试探着他："你……害怕火？"

弥生像是被惊到一样，惶恐地看着乔粟的脸，摇头。

不，他怕，很怕，并且有什么在他的心里正悄悄地改变着。乔粟低着头，余光却没有放过他的任何一个表情，而手上拆开塑料包装的声音在这寂静的山林里显得格外清晰。

她打开盖子，拆开调味包，浓郁的食物香气在热水的浸泡下弥漫得更快。

弥生往后退了几步，眼神飘移不定，额角不断地渗出汗。乔粟的目光最后落在他缠着石膏的右手上，缓缓开口，声音很轻："你的手，是被火烧的？"

"小……小……乔姐……"弥生嚅动着嘴唇。

乔粟了然:"人为的?故意的?"

弥生脸上的表情越来越让她兴奋,她忽然想起来这里的路上,弥生还邀请过她去他家里做客,她也不知道自己为什么要这么问,注意到的时候话已经说出口了:"所以,是你的家人……"

弥生的表情越来越恐慌,垂在身侧的手开始颤抖,眼神游移没有焦距,蹿起的火焰映在他的瞳孔里。

他仿佛又看见那个人,那个人停下做饭的手,转过身来看他,明明那么温柔的眼神,还会轻轻唤他。她把他叫到身边,可是下一秒就一把移开燃气灶上沸腾的热水,将他的手按在火里。

满室都是食物的香味,那个人的脸上依旧是温柔的笑意。

可是,为什么?

他一开始也会尖叫会哭,可是多了就不会了,多了只会咬着牙,反反复复喊着妈妈。

看来是猜对了,乔粟压抑不住心头的蠢蠢欲动,可是她还想知道更多,或者想知道,真正的弥生究竟是什么样子的。她甚至已经感觉到了弥生身上渐渐漫起的危险气息。

"弥生?"乔粟的目光紧紧地锁着他,"你的手,根本没有受伤对不对,只是不敢露出上面的疤痕?"

弥生一直低着头,细微的呼吸声被掩盖在噼里啪啦的篝火里,还有架在上面的杯面,里面的水"咕噜"作响,混着食物温热的香味,在他们周围散开来。

乔粟想起了季南舟的分析推断,隐隐觉得真相就要揭开了。

弥生忽然抬起头,嘴角狰狞地笑着,他拆掉右手的绷带,露出那只被烧得只剩一层黑色的焦皮包着骨头的手,举在眼前,微微地颤抖着:"对,没错,我妈烧的。"

"后来她连自己都烧死了。"弥生扯着嘴角笑着,又或者只是抽搐,"可是你知不知道,为什么?"

乔粟放在腰间的手摸到侧包里冰冷的鱼口钳:"不知道。"

"小乔姐,你这么聪明,怎么会不知道呢?"弥生渐渐地走近,却似乎又在害怕自己太过靠近,似乎有什么在拉扯着他,要把他撕成两半。

"因为,她爱我爸,我爸不回家,就像宋续燃爱你,你不爱他一样。"

"所以你想杀了我?"

弥生忽然蹲下来,抱着头,点头又摇头,一会儿哭一会儿笑,最后只能疯狂地扯着自己的头发,坚硬的指甲划破脸上的皮肤,

"怎么会呢?小乔姐,我不会杀你,我也喜欢你,你跟我的妈妈像极了。我不会杀你的。我妈不怪我爸爸不回家,可是他最不该的是,在外面藏着女人,不不不,应该说,我妈才是他外面藏的女人。也不对,让我想想,他有自己的家人,有我和我妈,他还有另外一个小情妇。"弥生低着头,眼里盈盈的水色,映着一小簇火光,"小乔姐,你知道吗?我看见我爸,不对,他不配做我的爸爸,可是六年前,他从你家出来的时候,我就记住了你的样子哦。"

乔粟已经不知道他在说什么了，只听着他的声音，越来越轻："可我不知道是谁，是你，还是那个女人？不过没关系……"

他忽然抬起头来："杀掉就好啦，全部都杀掉，先假装亲近，再慢慢杀掉，多么棒！"

"你第一个杀的是，何桉。"

乔粟的声音忽然变得很低，她知道何桉一直跟有妇之夫在一起，也知道何桉一直被那人虐待，可是她拦不住何桉。

何桉也为了躲她，甚至换了她找不到的地方。可是她没有想到，何桉不是死在情夫手上，而是死在情夫的儿子手上。

"嗯，对！"弥生应道，脸上的肌肉不断地抖动着，"是不是很厉害？"

"还有呢，后面两个呢？"

"我不知道，"弥生忽然抬起头，"她也住在那里，她肯定跟我爸有染。可是她却说，她喜欢我，你说她是不是有病？"

"她只是恰好住在那里而已。"

"那就是你对不对？"弥生忽然冲上来，手上不知道什么时候已经拿着刀子，冰凉的金属薄片搁在她的脖子上，"你为什么不说话？是你对不对，我爸的情妇是你！"

"很遗憾，"乔粟脸上没有一点儿害怕的表情，只是看着他的眼睛，"我不知道你爸是谁。"

乔粟握紧手里的东西，"嘭"的一声，将鱼口钳砸上弥生的头，鲜红的血从他的额角流出来。

弥生狠狠地睁大了眼睛，用刀柄砸到乔粟腿上的伤口上，眼角的泪混着血流下来："啊……我妈为什么不要我？我爸为什么要生我？他们是不是疯了？！"

他一下一下地砸着，反复地呢喃着："是不是疯了，是不是疯了……"

"那你要问问他们了。"乔粟狠狠咬着牙，反手又是一钳子砸过去。

弥生趴在地上，忽然没了声音。

乔粟撑着旁边的树干，季南舟猜得很对，凶手在她身边，是弥生，他故意接近她们，像接近那个女房客一样，等到时机成熟就杀掉。

如果说，他一开始是因为复仇，那么之后的连环杀人，都只是为了杀人的快感。

乔粟喘着气，走向弥生，可是前一秒还一动不动的人却忽然跳起来一把抓住了乔粟的腿将她拽倒在地。

乔粟硬生生地摔在地上，头大概是磕到石头，她眩晕极了。

弥生并没有停下来，他反身骑坐在她身上，捉住她的手，疯狂地撸起她的袖子，一边哭着，一边用刀子划着她的胳膊，血不断地渗出来。

乔粟似乎感觉不到疼痛，分外平静地看着他，声音却很微弱："弥生，你在害怕什么？"

"我害怕……我害怕……"弥生反反复复地呢喃着，忽然俯身抱住她，"小乔姐，对不起，对不起，我怕一个人，我带你走好不好，我们两个人，你像妈妈一样照顾我好不好？"

乔粟扯着嘴角："不好。"

"不行，不行。"弥生慌忙地站起来，抓起乔粟的一只脚踝，拖着她胡乱地走着，"不行，不行，我一定要带你走……"

乔粟躺在地上，只感觉着自己的身体与地面摩擦，她像一条死鱼一样被拖着走，却使不上任何力气。

眼睛里的东西渐渐变得模糊，她笑了笑，另一只脚抬起来，奋力一踢，从弥生的桎梏中挣开，随即一个打滚，顺着旁边的坡一路滚下去。

然后便是无尽的黑暗。

02

乔粟睁开眼的时候，看到一弯细尖的月牙，而自己依旧躺在山林的某一处。

她抬起手臂，手上的伤口已经结痂了，右腿好像还是不能动，身体也没什么力气，话都有些说不出来了。

乔粟忽然想起来的路上在玻璃窗上写下的名字，还有这些事情发生之前接到的电话，她都没有来得及告诉宋续燃。

如果那一天从警局出来，宋续燃说出了没有说出口的求婚，她说不定就答应了，尽管像弥生说的，她不爱他。

可是没有如果。

乔粟觉得有些冷，她闭上眼睛，将手塞进口袋里，却摸到了一个冰凉的东西，是哨子。她拿出来，银白色的哨子映着皎洁的月光，格外亮。

季南舟,他的脸忽然在眼前格外清晰,可是有什么用呢?他说像她想的那样,那她想的又是什么样?

乔粟缓缓地将哨子含在唇间,微微用力,声响盖过风吹动树梢的声音。

渐渐地,最后一点儿力气也用完了,可是什么都没有出现,只有风的声音,还是风的声音。

季南舟,你也就只能骗到我了。

乔粟这次是真的有些累了,她换了个舒服点儿的姿势,闭上眼。

耳边忽然传来一阵窸窣的声音,是人还是兽她已经懒得去管了。直到那一阵温热的气息将她包裹,将她紧紧地搂进怀里,她才稍稍睁开眼缝。

不知道什么时候开始熟悉的味道,却总是让她莫名安心。

"季……南舟。"

"嗯?"

乔粟从来没有听过季南舟用这种声音跟她说话,仿佛熬过了无数个日夜,低沉而喑哑,甚至还有些压抑的沉痛。

"乔粟。"

乔粟笑起来:"季南舟,我说了,你要看紧我。"

"嗯,以后一定把你放在眼前,哪里都不准去。"

乔粟靠在他的肩头:"你抱得太紧了。"

季南舟松开，看着她的脸，眉间抹不去的褶皱，眼底漆黑一片："乖，不要怕，我带你回去。"

"我不怕。"

"你可以害怕。"

"有用吗？"

"乔粟，我在这里。"他反过身来背起乔粟，"至少我在这里的时候，有用。"

季南舟站起来，背着乔粟朝着来时的路走着。

乔粟趴在他的背上："弥生呢？"

"如果我知道他在哪儿，可能会忍不住毙了他。"

乔粟听着他隐忍的声音，有些想笑："我故意的。我知道他害怕，故意这么做，故意激起他所有的愤怒。"

"嗯。"季南舟轻轻地应了声，尽管是很崎岖的山路，他却走得格外稳健。

"那你不害怕吗？"乔粟问他，又强调了一次，"你不觉得这样的我很可怕吗？我想看到他狰狞的样子，想看到他的疯狂无助……就算知道会杀了我，依旧停不下来想毁灭他，这样的我，你不害怕吗？"

季南舟停下来，微微侧过头："乔粟，我只是害怕，如果你没有吹响哨子，我要怎么办。我要是找不到你了，要怎么办。"

乔粟愣了片刻，笑道："为什么要找到我？"

"不然，你永远不会来找我。"

"是吗？"她靠在季南舟的肩头，缓缓说道，"季南舟，我总觉得……我好像在哪里见过你，是很久很久以前……好像见过你。"

季南舟没说话，一瞬间，只剩下长风吹着林间的叶子温柔低语的声音，还有脚下被踩碎的枯枝，绝望呼救的声音。

我曾在绝望的时候喊过无数次的救命，最后只听见你跨越千山万水奔赴而来的声音。

乔粟将头抵在季南舟的肩头，肚子传来一阵尴尬的声音。

"季南舟，我饿了。"

季南舟侧脸碰上她毛茸茸的头发："忍着。"

"不。"

"那就把你扔下去。"

"无所谓，反正你总会再把我救回来。"乔粟语气有些得意，只觉得眼皮越来越重，到最后终于忍不住了，不知道是梦里的呓语，还是心里的声音，她问他，"季南舟，你相信一见钟情吗？"

他淡淡地回应："我相信你。"

"那你回去记得给我煮碗面。"

03

乔粟是在孤儿院里认识何桉和何皎皎姐妹俩的，那个时候她五岁，何桉九岁，何皎皎……好像还在婴儿床里张着嘴哭。何皎皎经常吵得她不得安宁，于是她就趁着没人过去踢何皎皎一脚。

那个时候乔粟还小，踢不到人，只能狠狠地踢着婴儿床脚，隔山打牛。不过效果却出奇的好,何皎皎哼唧两声就不哭了。

于是,何桉便莫名地亲近她,大概觉得她可以帮自己养妹妹,是一只很好的潜力股。

可是乔粟却不买账,因为她们属于孤儿院里完全不同的两类人。何桉讨人喜欢,不管是大人还是小孩子,她都能应付。

乔粟就不一样了,她讨厌这里的一切,又或者是这个世界的一切。小小年纪的她,就烧别人的裙子、往人家的床上放蟑螂……

乔粟是这个所有人忙着讨好院长、讨好来领养的家长的地方长出来的一块反骨。

她不需要任何人,包括何桉。

可是何桉也不是普通的小孩子,她一眼就能看出乔粟要的是什么。

乔粟做了坏事她主动站出来顶罪,乔粟被罚她陪乔粟一起受罚。她甚至会在半夜钻进乔粟的被窝,絮絮叨叨地给乔粟讲一些乱七八糟的事情。

乔粟把她踢下去,她再爬上来,紧紧地抱住乔粟,然后两个人一起滚下去。地上很凉,何桉垫在底下,问她:"你伤到了吗?"

乔粟看了眼她被磨伤的手肘,不说话。

那段时间孤儿院里经常出事,一出事矛头就直指乔粟,院长罚她跪小黑屋,拿鞭子抽她,只有何桉不怕被连累,藏着吃的溜进来,问她:"小乔粟,你疼不疼?"

何桉被逮到,两人一起被关小黑屋,何桉还在问:"你是不是很疼?"

乔粟摇头，反正又不会一直疼。

何桉按着她的脑袋，嘴角露出浅浅的笑，对她说："小乔粟，你真是个小孩子啊！"

小孩子，乔粟最讨厌这三个字了。

她没有小孩子可以享有的任何优势，却占了所有的劣势。孤儿院大点儿的孩子看不惯她，看着她小，欺负她，找了个机会把她拖到后院的杂物间里。

那个时候，乔粟的眼神就已经很可怕了，她分外平静地看着那些孩子："你们要是没办法弄死我，就等着我来弄死你们。"

那群孩子慌了，为了掩饰心里的胆怯，二话不说开始打，木棍、拳脚。她以为还有更厉害的东西的时候，何桉来了。

何桉挡在她的面前，看着那群小孩儿，明明很害怕却要装腔作势："她是我妹妹，有什么事你们就找我。"

打谁不是打？

何桉为她分去了一大半的疼痛。

不过，乔粟实在觉得她傻，明明一份痛苦为什么要分成两份？

何桉受的伤比她还重，那些孩子端着滚烫的热水泼过来的时候，何桉还爬起来推开了她，于是后背脱了整整一层皮。

那个时候，何桉才十五岁而已，长得很漂亮，皮肤很白，可后背处理得不好，留下了很大一块疤。

不过，那群人一个也没有逃过，为首的两个是一男一女。乔粟踢翻炉子上烧着的热水，溅了他们一裤腿，混着他们身上难闻的汽油味道扑面而来。

乔粟手里打火机的火光明明灭灭:"放心吧,不会烧死你们的。"

她点燃一旁的一堆杂物,巨大的火焰烧起来,那两个人吓得尿了裤子。

最后,乔粟当然没把他们怎么样,给了他们三秒钟的时间,连滚带爬地跑了出去。这次以后,他们再也不敢在乔粟面前耍横了。

也是从那个时候开始,乔粟便意识到自己的可怕,又或者,意识到何桉对她来说,是这个世界上唯一的亲人,她不会让任何人动她。

乔粟是高三的时候跟着何桉一起搬到洮水巷的。

那时,何桉已经有独立的经济来源,乔粟也能做家教挣点儿钱,日子也算过得去,可是在洮水巷依旧不招人待见。

在乔粟看来,何桉明明是可以很受欢迎的人,现在却沦为过街老鼠,是自己一手将她从神坛上拉下来的。

后来她才知道,她们赖以生存的钱何桉是从哪里弄来的。

小三、陪睡、陪酒,这些字眼从路人嘴里说出来的时候,乔粟晚上就去卸了那些人家里的门。

可是当她真的在酒吧里看见那个完全不一样的何桉时,却又不得不相信自己的眼睛。

那些人脸上狰狞的笑、猥琐的眼神,还有令人作呕的手脚,他们将何桉带到酒吧后的巷子里。

乔粟顾不上他们是什么人,背着书包冲上去,夺过那些人往何桉嘴里灌的酒瓶子，狠狠地敲碎在墙上。

那些人看过来，乔粟一副学生的样子，眼神充满戾气。

那样的乔粟似乎更令他们感兴趣。

他们搓着手逼近，乔粟将手里的半个瓶子砸到为首的那个人的头上，又从书包里掏出刀子，来一个划一个，毫不留情。

何桉在一旁挣扎着，那还是乔粟第一次看见她哭，一边流着泪一边故作坚强："你们放了她，有什么冲我来，让她走！"

可是没有那么容易，乔粟被擒住了。

"我还没见过这么美的学生妹，肯定好玩。"

乔粟脸上的不屑激怒了那些人。

他们怒骂着，准备撕开她的衣服。

被压制在地的乔粟一只手挣开，掏出打火机，点燃扔了过来，对方的裤脚瞬间烧起来。

那是她刚刚泼上去的酒。

趁着混乱，何桉捡起一把刀子，拉起地上的乔粟，将她往巷子口推："快走。"

"不走。"乔粟咬着牙，她不是不害怕，只是更怕何桉死在这里。

"出去，随便喊人来救我。"

"不！"

眼看着那些人往这边来，何桉用足了力气推开乔粟，却没想到这时已经有一个人跑过来一把抓住乔粟的头发，将她往里拖。乔粟只觉得头皮都要被扯下来，依旧咬着牙不肯吭声。

何桉忽然咬上那人的手,手里的刀子划上他的胳膊,又冲到乔粟这边,她只是想让那人放开乔粟,却没有想到,自己手里的刀子,插进了他的肚子。

　　温热的血浸湿她的双手,她泪眼汪汪地看着乔粟:"快走啊,走!"

　　乔粟咬着牙:"三分钟,这三分钟里不要有事。"

　　说完,乔粟站起来,几乎用了这辈子所有的力气,朝着巷口冲过去。她不敢回头,拼命往外冲,后面男人呻吟的声音还有何桉挣扎的声音全被抛在后面。

　　那一刻,她只是想找到一个人,那个人可以救她。然后,她就撞上了一个男人的胸膛,她不记得他的样子,只记得他一双深黑色的眼睛,有些疑惑地看着她。她抓起他的手,只说了简短的两个字:"救命。"

　　然后,她一刻也没有停地拉着他狂奔。可是当他们回到那个地方,何桉却不见了。

　　乔粟有些绝望地瘫在地上,那人却扶住了她的肩,陌生而有力量的声音:"待在这儿,等我回来。"

　　等我回来。

　　很久以后,乔粟忘了他的样子,却总是记得那句只有四个字的话——等我回来。

　　等。

　　不知道过了多久,乔粟回过神来的时候,他正扶着何桉从拐弯处过来。他走到乔粟身边,将何桉塞进她怀里,脱下自己的衣服盖住衣衫不整的何桉,只说了一个字:"走。"

乔粟看着他漆黑的眼睛，没有犹豫，也没有回头。

她带着何桉，丢下断后的他就走了。

而后来那一天的事情也没有再被提起过。

乔粟读大学的时候，何桉在航空公司当空姐。

不久后，何桉就恋爱了，对方是谁她不知道，只知道那人对何桉很好，何桉也很爱他，是真的爱。因为她从来没有见过那个样子的何桉，笑的时候是真的在笑着的。

后来，乔粟认识了宋续燃。

宋续燃对乔粟很好，至少乔粟以前从来没有被谁这样宠过，不管去哪儿宋续燃总会将她送到目的地。

乔粟想吃的东西，即使是大半夜，他也会开车绕半座城市给她买过来送到她们家楼下。乔粟所有的恶作剧他全部笑着接纳。

乔粟有时感到累了就赖在地上不起来，宋续燃也只是揉揉她的头发，说："累了，我们回家。"

累了就回家。乔粟从来不敢这样想，偏偏宋续燃又给她编织了这样的梦，也确实是梦。乔粟不喜欢做梦。

没多久，何桉就出事了，身上莫名多了伤痕，像是被殴打过。可乔粟问她，她却什么都不说。这个时候又出了洮水巷魏满光的事，乔粟入狱，关了十几天被放出来。而何桉，从洮水巷搬走就再也不见人，留下了她和何皎皎。

乔粟再一次见何桉，就是在视频上。她蜷在角落，被殴打得不成人形，嘴角依旧带着浅浅的笑；而最后一次见她，就是她死后，替她收尸的那一次。

乔粟觉得，何桉这一生，都是因为她才变成这个样子的。小时候不想让她一个人留在孤儿院里，何桉放弃了被领养；长大了，何桉为了她放弃了自己的学业。

可是，乔粟哭不出来。

她努力打工供何皎皎读书，思索再三，决定不告诉何皎皎，何桉被杀的消息，毕竟何皎皎才刚上高中。

两年后，乔粟在宋续燃的推荐下到机场工作，而何皎皎也上大学了。

大学期间，何皎皎以优异的成绩，争取到了去日本做两年交换生的名额。而直到何皎皎去了日本，乔粟都没敢告诉她，何桉被人杀害的事情。

洪水巷终究只剩下她一个人了。

乔粟，也不再有任何留恋。

04

乔粟醒过来的时候，发现自己被缠得像个粽子。

她拆了自己胳膊上的绷带，看着旁边空了的碗，隐隐记得昨天回来，迷迷糊糊地一直嚷着想吃面，可是季南舟非要给她喂粥。

她闭着嘴不肯吃，季南舟就看着她，双眸微沉："乔粟，你知不知道一个男人怎么才能撬开一个女人的嘴？"

乔粟抿着唇，挑衅地看着他："不知道。"

季南舟盯着她的唇看了很久，最后还是妥协了："乖，先喝了粥，下次给你煮面？"

乔粟一向吃软不吃硬，老老实实地喝完粥，之后便睡着了。这一晚她睡得很不好，梦里是弥生的脸，他在火里，拼命地朝她挥手："小乔姐，救救我，救救我。"

乔粟想抓住他，却抓不住。最后，她握到一双很温暖的手，粗粝的指腹摩挲着她的掌心，很熟悉的感觉，她忽然就安心了。

乔粟看着自己的手，上面好像还残留着昨晚熟悉的味道。

一阵开关门的声音，她看向门口，眯了眯眼睛，嘴角扬起一个笑，然后利落地从床上下来，单脚跳到门边一下子将门反锁。

"我要吃面。"她抵着门。

"粟粟。"

低沉的声音透过薄薄的木门传过来，乔粟愣了一下，打开门。

宋续燃站在门口，似乎是一下飞机就赶来了的样子，飞行制服都没来得及换下来，就在外面套了件黑色的大衣，带着一身凉风，满眼疲惫。

乔粟没来得及说话，便被他一把拉过去抱在怀里，微哑的声音在耳边响起："粟粟，对不起。"

乔粟闻着他身上风尘仆仆的味道，停了一会儿才说道："宋续燃，你先放开我。"

她很明显地感觉到宋续燃的身体顿了一下，她笑了笑："你勒得我有点儿喘不过气。"

"对不起……"

宋续燃放开她,看着她的腿,伸出的手又收了回去,最后只是看着她的眼睛:"我带你回去。"

"没事。"乔粟跳回去在床上坐下来,一边解着腿上的绷带一边说,"还没断,包成这个样子……"

她顿了一下,鬼知道为什么要包成这个样子。

她看向宋续燃:"就是想让你心疼一下或者内疚自责一下。"

宋续燃走过来:"粟粟,你总是有办法让我拿你没办法。"

乔粟抬眼,抿着嘴扬起一个笑:"是吗?"

她将白色的绷带扔在一边,站起来试了试腿。

宋续燃的电话忽然响了起来,乔粟看他简单地"嗯"了几声就挂了。

"很忙?"

"是警察,说已经找到弥生了,滚到了悬崖边,伤得很重。"

"嗯。"乔粟低着头,"他们要见我?"即便宋续燃没说,乔粟还是猜到了。毕竟这一次她又在现场,而且她应该还算是受害者。

"不想见可以不见。"

"无所谓。"乔粟抬起头,眼睛不知道在看哪里,忽然问道,"宋续燃,我是不是真的有病?"

宋续燃顿了两秒,眼神有所闪躲的样子:"怎么会这样想?"

"我记起来了,周医生,周晚,"乔粟的眼神忽然有些呆滞,"那个时候是你带她来见我的,给我做心理辅疗,对不对?"

宋续燃点头："对。"

"所以你没有骗我，我的间歇性健忘症是真的，或者还有另外一些其他的心理疾病？"她很努力地想要看清宋续燃眼里藏着的东西，可是里面只有压抑的痛。

"粟粟，有些事情不记得也没什么关系，你现在活得也未必不好。"

乔粟忽然笑起来："可我担心有些事情我记错了，比如我以前是个杀人魔，然后忘记了，说不定哪天受了什么刺激又来了兴致，连杀你的时候都不眨眼。"

"不会的。"宋续燃将乔粟揽进怀里，声音像是有一种魔力，让乔粟渐渐安静下来。

她说："宋续燃，我越来越觉得自己像个怪物。故意刺激弥生，故意让他发疯，故意让他崩溃……可是我一点儿都不难过，反而觉得，开心。就好像是一直在走，但突然找到了奔跑的感觉，很快乐、很失控、很享受……可是有时候，也很怕……"

她的声音低下去："因为我不知道，这样下去，最后会不会坠毁。"

"没事的。"宋续燃握住她的手，将一块石头放在她的手心。

冰凉的温度从掌心漫开，乔粟的眼睛终于有了些焦距，她看着宋续燃。

"粟粟，没事的。"

就算坠毁也没关系，我永远会找到你，然后带你回家。

宋续燃没有说完的话停在乔粟忽然发出的笑声里，她一副奸计得逞的样子："宋续燃，你是不是被吓到了？"

宋续燃愣了一下，随即无奈地叹气。

乔粟捏着手里的石子："就算会坠落，现在也找到了可以抓住的绳子，所以我从来都没有害怕过。"

宋续燃眯了眯眼睛，没说话。

乔粟走出来，才知道自己现在在和歌山脚下的一户村民家，宋续燃正在里面收拾着东西，她回头看了眼，总觉得那个房间压抑得令人窒息。

她深呼一口气，脚尖蹭着地面的石子。

陈领队站在门口，见她出来了犹犹豫豫地走过来，表情有些不知所措："那个……乔粟……小姐，对……对不起啊……"

乔粟抬起头，不明所以。

陈领队松了一口气，不怪他就好。

季南舟出去找她的时候，陈领队真以为他回来会杀了自己。可是他背着乔粟回来的时候，眼里的温柔又跟之前看起来完全不是同一个人。

陈领队本来以为自己逃过了一劫，可季南舟还是找到了他，虽然是用很平常的语气让他答应几件事，可他一点儿都不敢违逆。

第一件，就是将乔粟安全地交到来接她的人手里；第二件……

乔粟见陈领队没说话，忽然想起什么，问道："季南舟呢？"

"啊？"陈领队这才反应过来，看着她，"那个，他已经走了。"

"走了？"乔粟想了想，才记起来陈领队之前跟她说过，季南舟只是过来找一个人的。

她声音不自觉地有些冷:"他要找的人找到了?"

陈领队不明所以:"好像是找到了……"

"男的女的?"

"女……女的。"

"哦。"

乔粟看不出来什么表情。

宋续燃从里面出来,走到她身边:"怎么了?"

"没什么,"乔粟双手插进口袋,一瘸一拐地往前走着,"回去吧。"

路上,乔粟靠在车窗上一句话也没有说,宋续燃怕颠到她,车开得很慢,也没有去打扰她。一直出了山,路终于平整了些。

"宋续燃,"乔粟忽然开口,声音回荡在车厢里,"弥生现在在哪里?"

"被警察带走了,"宋续燃答道,"应该会先送去做精神鉴定。"

"嗯。"乔粟应了声,眼睛看着窗外,想着会不会是季南舟把他带走了,不过想了一会儿又觉得应该不会。

她回过神来,又问道:"那你早就知道……何桉,和弥生爸爸的关系?"

令人可怕的沉默,乔粟低着头笑了声:"为什么?"

"我不知道他是弥生的父亲。"

"那之前为什么不告诉我?"

"乔粟,那是把你往火坑里推。"宋续燃声音沉沉的,"况且现在,陈世德已经死了。"

乔粟想,也许自己知道了,真的会去杀了陈世德,不过那又有什么关系?

"怎么死的?"乔粟问。

"自杀。"宋续燃打着方向盘,转了个弯,"死的时候留下一封信,给何桉的。"

乔粟听着,宋续燃淡淡说道:"他说:'只有我死了,才能给你自由。'"

"那他为什么不早点儿死?"

宋续燃笑了一声:"那你有没有想过,也许他是真的爱何桉?"

"没有。"

乔粟闭上眼睛,狗屁的真爱。

乔粟的电话响了,她看了一眼,是何皎皎。她接起来,听筒里却传来很急切的男声:"乔……乔粟?"

乔粟皱着眉,只觉得声音有些耳熟,还没来得及开口说话,那边已经抢先说了……

她怔怔地放下电话,攥着冰凉的手机。

"怎么了?"宋续燃侧头看着她一瞬间苍白的脸。

乔粟张了张嘴,声音却比自己想的要镇静得多——

"何皎皎,又自杀了。"

〈第六章〉

明　月　照　罗　帏

01

罗照挂了电话，又拨通季南舟的电话。

"喂？"

"嗯。"

"你快给我滚回来，我这边……"他话没说完，那边就挂了电话。

罗照也没心情再拨过去了，他看了眼病床上躺着的女孩儿，安静恬淡的脸，柔顺的长发服帖地搭在胸前，发梢还有一些润湿。

"何皎皎。"

他轻轻呢喃着她的名字，有些疲惫地揉着太阳穴。

罗照在病床前坐下来，明明一个小时前，一切都还很顺利，可是他也不知道事情为什么会变成这样。

也许是自己操之过急，何皎皎心理有些不正常他知道，可是该死的，那个时候竟然会忽略这点。

是何皎皎先来敲他的门的,他打开门,何皎皎穿着单薄的睡衣,光着脚站在门口。罗照一把将她拉进来,将门口挂着的大衣裹到她身上,皱着眉:"你不怕冷的吗?"

"罗医生。"何皎皎的声音很轻。

罗照也不自觉地放缓了语气:"叫罗照。"

"罗……照。"

"嗯。"

"今天我生日……"

罗照莫名其妙地看着她,过了好久,才微微挑眉:"你想让我带你出去玩?"

何皎皎摇头,又点头,想了想,又摇头。

罗照一把按住她的脑袋,柔软的头发在手心里毛茸茸的,暖到了心里。他朝着她眨了眨眼:"乖,我懂了,等我换件衣服。"

罗照转身走进房间,他关上门,脸上的表情一瞬间变得严肃起来,可也就一瞬间而已,随即低着头一粒一粒地解开睡衣扣子。

何皎皎,何皎皎……

罗照忽然想起了记忆里熟悉的面容,好像明白了什么,眼睛里有什么东西一闪而逝。

出来的时候,何皎皎依旧一动不动地站在原地。还好,她眼睛会一直随着他移动,否则的话,他还真以为她是雕塑。

罗照走到她身边,有些好笑:"你就这样出去?"

何皎皎看了自己一眼,被罗照推着肩膀往门口送去。

"回去换衣服，然后我们出去，顺便……带上罗小刀。"

何皎皎眼神疑惑，罗照看着她道："还记得吗？就是那个小屁孩儿。"

何皎皎点头。

何皎皎出来的时候，罗照正在打电话："把他送到青山游乐园，嗯，我待会儿过来。"

他挂了电话，回头看见何皎皎。他很喜欢她长长的头发，柔顺而乖巧地垂在胸前，让人忍不住想揉一揉。

他朝她伸出手，侧着头："走？"

何皎皎的目光落在他指节修长的手上，将自己的手放上去，一瞬间被他握紧。

她抬眼对上罗照的视线，看着他嘴角的笑，任由他拉着自己。

罗照觉得，这小姑娘太好骗了。

毕竟不是他以前的那些露水情缘，他对她有一种执着。

现在，他牵着的姑娘，柔软又坚硬，孤独又冷漠，却有着超乎常人的艺术天赋，她不喜欢与人打交道，却敢交付所有的信任给他。

有时候，他甚至会忘记，她是一个病人。

罗照小心翼翼地给她系好安全带。

对上何皎皎乌黑的眸子，他拍了拍她的头："乖，坐好了啊。"

"罗照。"

"怎么了？"罗照很喜欢听她的声音。

"你不害怕吗？"她看着罗照，"今天是我二十岁的生日，我会死的。"

"所以呢？"

"我不想连累你一起死。"

罗照笑起来，踩下油门，发动车子："我们来玩一个游戏好不好？你能想到的一百种死法，我们一样一样地排除。"

何皎皎看着他，坚挺的鼻梁到好看的下颌线，薄唇轻轻张合，懒懒的声音在狭小的空间里盘旋："首先，上午十点半，排除车祸。"

"为什么？"

"因为我有足够的信心保护你。"

车子在游乐园附近停下来，罗照一眼就看见了背着小书包、穿得圆滚滚的罗小刀，嘴角不自觉地笑起来，朝着何皎皎递了个眼神："喏，罗小刀，记得吧？"

何皎皎看见了。

"乖，先下去等我，我停好车就过来。"

何皎皎没有拒绝，她从车上下来，等罗照车子掉头了，也没见她走过去。倒是罗小刀先看见了她，迈着短短的小腿跑过来："姐姐。"

何皎皎低着头看着才到自己大腿的小男孩儿，好久才说道："不是姐姐。"

"啊？"罗小刀有些蒙。

"你叫什么？"

"罗……小刀。"

"妈妈呢？"

"我……没有妈妈。"

何皎皎没有来得及问下一个问题，罗照就过来了，他一把抱起罗小刀："怎么样，想我了吗？"

"想。"

罗小刀抱住罗照的脖子，大概是有些被吓到了，始终不敢再去看何皎皎。

"怎么了呢？"

"爸爸，我们快去玩吧。"

整场下来，可能要算罗照的心情最好，不管是过山车还是跳楼机，罗照张着嘴尖叫的时候，何皎皎坐在旁边毫无表情，跟走在平地上毫无二致。

罗照觉得非常挫败，他喘着气找了个地方坐下来。

"爸爸你好垃圾哦。"

罗照："滚！"说完便站起来，在附近看了看，"你们在这儿等等，我去买点儿喝的过来。"

不知道是不是因为工作日的原因，游乐园里的人并不多。附近湖上有几艘空荡荡的船漂着，看起来有些冷清。

罗小刀端端正正地坐在旁边，好久才试着跟何皎皎说话："姐姐，我想要那个。"

何皎皎看过去，是一台夹娃娃的机器，里面有许多青蛙玩偶。

罗小刀刚准备放弃，何皎皎却站了起来，往那边走去。罗小刀眼睛里瞬间有了神采，从凳子上跳下来跟上去。

何皎皎停在娃娃机边，紧紧地盯着里面的青蛙，眼睛里有一瞬间的动容,然后又恢复了以往的冷漠。

　　她侧过头看了眼趴在玻璃上的罗小刀,然后去旁边的机器里换了些硬币。

　　罗照回来的时候,发现两个人都不见了。

　　他四处看了一圈儿,何皎皎正站在桥上的护栏旁,不知道在看什么,心里漫起一丝不祥的预感,他迈开腿跑过去。

　　"何皎皎。"

　　何皎皎回头看了他一眼,又看向湖面。

　　"罗小刀呢?"

　　何皎皎面露疑惑,然后摇头。

　　罗照一下子就慌了:"他不是跟你在一起?"

　　"没有。"何皎皎声音很低。

　　罗照咬牙,拿起电话飞快地按下几个键,无人接听,又按下几个键,沉声吩咐道:"定位找一下小少爷。"

　　不一会儿,那边便有了消息。

　　罗照握着手机,看着眼前的少女,风吹起她的头发露出光洁如玉的侧脸,他只觉得自己心沉了一下。

　　"何皎皎?"

　　"……"

　　"你现在是不是除了死什么都不在乎?"

　　何皎皎偏着头不说话。

　　"你根本就没病,只是活在自己的过去里不肯面对现实。"罗照试图在她的眼里找到一丝动容，可是很遗憾。

他苦笑一声："我是医生，却从来没有把你当过病人。可是你为什么总要活在自己给自己画的框里？"

"罗照。"何皎皎终于说话了。

"你喜欢青蛙吗？"她偏头一笑，"耶，青蛙。"

这是罗照第一次看见何皎皎笑，少女脸上的表情在夕阳下显得格外生动，他承认自己被诱惑了。可是依旧无法释怀她居然抛下罗小刀这件事，他只能无奈地推她的头："你是在哄我开心吗？"

何皎皎没有否认。

罗照叹了口气："没良心……"

何皎皎收回表情。

罗照心里一慌，还以为自己把她弄疼了："没事？"

"……"

"什么？"

罗照没听清何皎皎说了什么，身后忽然传来罗小刀的声音，他回过头，罗小刀正抱着青蛙玩偶跑过来："爸爸……啊……"

他听着罗小刀一声尖叫，猛地回头，刚刚还站在原地的人不知道什么时候已经不见了。罗照慌忙爬到栏杆上，看到水面溅起一朵巨大的水花。他没有任何犹豫，单手撑着扶手，跃过栏杆跳下去，又一朵白色的水花盛开在湖面，却马上又归于闃静。

罗照从湖里捞出何皎皎。初春的风吹在他们身上，带来阵阵寒意。他打了急救电话，将何皎皎放平，压出她肺里的积水，又脱下自己湿漉漉的衣服裹在她身上。

何皎皎勉强醒过来，还能看清眼前的人："罗照。"

罗照气结，一把将她搂进怀里，也顾不上她能不能喘气："何皎皎，你找死可以，最好不要在我面前，否则我见一次救一次，你这辈子都别想比我先死。"

02

宋续燃将车子停在医院大门口："我问过医生了，没什么大问题，要不要我先带你回去休息？"

"不用。"乔粟拒绝，解开安全带从车上下来。

宋续燃叫住她，又嘱咐了一遍："我刚刚说什么了？"

乔粟想了想："要不要回去休息。"

"上一句。"

"……公司有急事，你必须赶回去。"

宋续燃有些无奈，料她已经是想不起来了："我联系宋青和了，待会儿记得让她安排带你看看身上的伤。"

乔粟想了想，才记起来宋青和应该是宋续燃的堂姐。

她点了点头："嗯。"

"我晚点儿过来，不要乱跑，记得吃饭。"

"嗯。"

宋续燃不放心，不知从哪里拿出一张纸一支笔，上面写着自己的电话，塞进她的手里："有问题随便找个公用电话打给我。"

乔粟下了车，站在路边看着宋续燃黑色的车缓缓离去。没什么好奇怪的，从遇见宋续燃的那一天起，他就是这个样子。她承认，没有谁会比宋续燃还要宠她。

可是……

乔粟将纸折起来，塞进口袋里。她看着面前的医院大门，青和医院，龙飞凤舞的四个字，没猜错的话，应该是出自宋续燃的手笔。

就算乔粟很少去了解这些事情，也被身边的人嚼烂了舌头，宋家在本市算得上是不容小觑的家族，立足政商两界，资产庞大。

不过，乔粟觉得从宋续燃身上完全看不出这种深厚的势力和金钱的味道，他身上更多的是温润成熟，话不多，却会记住她的每一个癖好，例如她喜欢收集石头这一点。

而宋青和，乔粟没记错的话，她应该是宋续燃在宋家最亲近的人，比宋续燃大八岁。宋家原本是让宋续燃来接管这家医院，可是后来他出国进修自作主张换了专业，回来当了飞行员。所以，宋青和就代替了他。

到现在宋家他们这一代，一个是航空公司首屈一指的机长，另一个是青和医院的院长，也算是没有丢了宋家老爷子的脸。

乔粟一进来便有人等在门口："乔小姐？"

乔粟看着年轻的护士："不是。"

小护士疑惑了，院长给的照片上明明就是这个人啊，难道是自己认错了。

"哦，那不好意思，请问有什么可以帮助你的吗？"

"没有。"

乔粟径直朝前走去,她并不想因为宋续燃的关系被当作贵宾一样招待。而且那小护士的眼神总让乔粟觉得,她待会儿就会推辆轮椅过来把自己塞上去。

可是,乔粟这才觉得自己不应该拒绝护士的好意——才五分钟而已,她就迷了路。

她转了几圈儿,最后停在楼层指示牌下,皱着眉头努力地想要记住待会儿要拐几个弯、过几条道。

忽然,一道身影压过来,挡住了大半的光线,却有清清淡淡的味道隔绝了周围消毒水的味道。

她侧过头去看他。男人好看的半张脸被挡在鸭舌帽的阴影之下,只露出薄削的嘴唇,还有坚毅的下巴。

"季南舟。"她喊他。

季南舟侧过脸:"好巧。"

乔粟觉得,好像每次见面都要问他为什么在这里,于是这一次索性不问了,直接切入主题:"不巧,我要去住院部,301房。"

"所以才巧,我也是。"

乔粟看着他深邃的目光,恍然记起来,原来电话里的那个男声,是罗照。既然如此,季南舟在这里也是理所当然的,她只是有些不明白,他为什么要穿成这个样子?

一身黑色的衣服,反而有些欲盖弥彰地暴露了自己啊。

季南舟好像看出来她在想什么,迈开腿准备走:"放心,除了你,应该没谁认识我。"

神经病?

走了几步,他又回过头:"不走?"

乔粟跟在季南舟的后面,他推开门,里面何皎皎已经醒了,靠坐在床上。而罗照双手环胸坐在病床旁边的凳子上,眉头紧锁,满眼疲惫。

乔粟没等季南舟说话,绕开他直接走过去,站在罗照面前。

罗照瞥了眼季南舟,看着眼前的女人:"你好。"

"你是医生?"乔粟问道,又或者是质问。

罗照不明白她的意思,不过还是老老实实地回答:"心理医生,罗照。"

"三流的?"

罗照一愣,仰天叹了叹气,这女人说话可真是不留余地,偏偏门口不慌不忙走进来的人眼神又透着威胁,仿佛在告诉他,你要是敢顶嘴,我就绞了你舌头。

完了,以前只觉得世界上只有一个季南舟他对付不了,现在不仅多了一个何皎皎,还多了一个乔粟,人生地位跟今天坐过的跳楼机一样。

罗照闭紧嘴巴,何皎皎却说话了:"我没有病。"

乔粟转过来看何皎皎,刚刚的气势全没了,只剩下一股深深的无奈:"那正好,宋续燃给你办好了入学手续,楚寰大学美术学院,下个星期就可以去了。"

何皎皎没了声音。

罗照看了眼何皎皎,季南舟走上来:"看完了?"

三个人同时望向他。

季南舟的视线却不紧不慢地看着一个人："昨天给你包了一晚上，今天全被你拆了？"

乔粟才记起来他说的是他给她包扎的那些蝴蝶结。

"太丑了。"

季南舟笑了笑，按响床头的传呼器。不一会儿，就有护士过来，看了看床上的人："这位小姐没什么事，待会儿就可以出院了。"

"要看的是这位小姐。"

季南舟一把拉过乔粟。乔粟反抗，去扣季南舟的手，却被季南舟一拧，一只手反手将她的双手扣在身后。乔粟失了平衡，整个人倒在季南舟的怀里。

房间里的另外三个人，除了面无表情的何皎皎以外，都是避之不及这里留给你们慢慢玩的表情。

乔粟深吸一口气，腿上用力，铆足了力气朝着季南舟某个部位攻去。

"还挺有力气的。"季南舟轻轻一笑，往后退了一点儿，乔粟的膝盖狠狠地顶在他的手掌里。

"那个……"护士怯懦地开口。

乔粟似乎也玩累了，往旁边的沙发上一坐："右腿小腿肚子上有条十厘米长的刀伤。"

罗照狠狠地打了个寒战。

"那……那我找医生过来。"护士慌慌张张地跑出去，似乎很想离开这个是非之地。

罗照走过来,站在季南舟身边:"你们有意思吗?"

"还好。"季南舟握了握手,"至少知道能有多大力气。"

乔粟的腿被重新包起来了,不过比上次要美观很多,至少裤子一挡还是看不出来什么的。罗照皱着眉在季南舟耳边低语:"这女人是不怕疼的吗?"

"你试试就知道了。"没想到乔粟听力还是很好的。

"接下来注意一下,不要碰水,也不要走太多路。"医生交代了几句,见没有人应,只好收拾了东西出去,走的时候目光若有似无地多看了季南舟几眼。

季南舟走上来:"接下来去哪儿?"

乔粟毫不犹豫:"游泳。"

"正好,跟我走。"

"医生说我不要走太多路。"

"你要我背你?"

乔粟抬眼对上季南舟的眼睛,对方好整以暇,她站起来,看了眼何皎皎:"我送你回去。"

"罗照送。"季南舟拦住她,"你跟我走。"

"我跟罗照走。"何皎皎声音很轻,却刚好阻止了乔粟呼之欲出的话。

罗照却被何皎皎的反应吓了一跳,他眯起眼睛打量着她,虽然还憋着一肚子的气,可是何皎皎的样子并不是像能让他发脾气的那种。

他有些无奈,忽然之间觉得自己完了,以前浪里白条横扫千军的时候,哪里用受这个气?可是他又怎么舍得放弃以前的自己?

03

罗照开车,何皎皎安安静静地坐在副驾驶。

他从后视镜里看着她有些惨白的侧脸:"何皎皎,帮你排除了被淹死,接下来要不要跟我去一个地方?"

何皎皎侧着头。罗照嘴角浮出一抹邪气的笑,接着说:"尝试一下另外一种死法?"

车子停下来,周围灯红酒绿,霓虹闪烁。罗照将车钥匙扔给酒吧的侍员,看着何皎皎有些慌乱的表情。

"只有产生恐惧,才能对一件事彻底死心。你现在的表情,让我觉得你的求死心只是在作秀。"

何皎皎一言不发地看着他,然后跟了上去。

何皎皎不是害怕这种地方,只是不喜欢而已。这是一个与她格格不入的地方。

罗照坐在包间的沙发上,一把拉过何皎皎坐在他旁边。何皎皎有些抗拒,却抵不过他的力气,只好喃喃开口:"罗照。"

门被打开,三两个女人鱼贯而入,个个浓妆艳抹,仪态万千。

何皎皎不自觉地皱了皱眉头,罗照却将她的表情尽收眼底,嘴角露出意味深长的笑:"何皎皎,你也不是没有情绪。"

罗照身上灼热的温度传到何皎皎的掌心,她站起来:"我不喜欢这里。"

罗照却没说话，眼神稍稍示意，那些女人便姿态妖娆地挤过来，推开木桩一样站着的何皎皎。

何皎皎踉跄了一下，冷冷地看着罗照，胭脂俗粉的气息混着杂乱无章的酒气熏得她有点儿喘不过气来，她张了张嘴："罗照，你一直都是这样的吗？"

一个女人缠在罗照身上，悠悠地开口："罗医生可是我们这里的常客。"

何皎皎依旧看着罗照："那罗小刀的妈妈呢？她死了吗？"

罗照一顿，何皎皎却已经拉开门出去了。身上的女人退开了点儿："罗老板，那个女孩儿是谁啊？"

罗照没有说话，深深拧眉，他只是想通过刺激何皎皎的情绪起伏从而在她的精神上找到突破点，深入她的内心世界。

现在看来，她的确不喜欢这样的地方，可是一些事情越来越脱离自己的掌控。

罗照眸色一沉，飞快地冲了出去。

罗照找了一圈儿没找到，只好调取监控，才看见何皎皎在哪里。

他走到地下停车库，巨大的铁门旁，何皎皎蹲在他的车子旁，眼睛里毫无生气，像是一只被丢在路边的娃娃一样。

一辆醉驾的车子摇摇晃晃地开出来，眼看着就要擦过她时，罗照飞速跑过去一把从地上把她拉了起来。

罗照看着怀里的人，眼里几乎是淬着火的。他咬牙切齿地说道："何皎皎，你要是真那么想死，不如死之前让我睡一次怎么样？"

何皎皎眸光澄澈，不带任何情绪。良久，她点头，说："好。"

好？

罗照气结，狠狠地吻上她的唇。

而何皎皎只是默默地承受着罗照的愤怒，她很想告诉他，那个时候是罗小刀自己跑掉的，说是要为她买一根棒棒糖，作为她帮忙抓到青蛙玩偶的回礼。

她也很想问问他，还记不记得，一个叫作何桉的女孩子。

何桉每次给她打电话的时候，都会提到一个姓罗的医生。何桉说他是好人，对她很好，可是从来都没有说明两人的关系。

所以，罗照，是不是你从来都不肯承认何桉的身份，哪怕她有了孩子也不肯承认她，所以她才死掉的对不对？

何皎皎来不及问出口，罗照打开了车门，将她按了进去。

罗照身体的温度渐渐包裹着她的全身……何皎皎想，最后这个世界，还是没有一个人对得起何桉。

乔粟、宋续燃、罗照，还有她，他们都欠何桉的。

去医院前，季南舟忙了一上午，安排好弥生，又抓到魏满光。

魏满光很老实地把所有的事情都交代了。当时，洑水巷命案现场之所以有乔粟的指纹，就是他受了弥生的指使去做的，毕竟乔粟摸过他的刀子。

季南舟问他："你旁边那个小弟，就是你亲弟弟吧？"

魏满光一瞬间的恍然，沉默了好久才说出话来："他还是死了。"

他弟弟本来就有些精神问题，乔粟被警察带走的第二天，他弟弟却掉进水里淹死了,可是怎么会这么简单……

魏满光目光凶狠,身体里仿佛有一只呼啸欲出的兽。他头一次敢与季南舟对视:"我告诉你,乔粟那个女人,迟早有一天会被弄死,就算不是我,也有别人。"

季南舟眼神暗了下去,他虽然不会相信魏满光的话,可是也不得不承认自己内心的害怕。他想,大概只有把她带在身边,才能安心。

夜晚的风从车窗外灌进来,凉凉的,乔粟打了个喷嚏,季南舟关上车窗,从后座上拿了件衣服扔在乔粟身上。

"不穿。"乔粟拿开。

季南舟不急,慢条斯理地找了个地方将车子停下来,然后强行将衣服罩在她身上:"乖,很贵的,穿穿沾沾贵气。"

乔粟乜斜了他一眼:"你要把我带到哪里?"

季南舟笑了一下,没说话,发动车子继续开车。

乔粟不依不饶:"还是你在害怕什么?"

"怕你跑了。"

"在和歌山时,明明是你跑了。"乔粟说了一半,另外半句和女人一起跑了,她想了想,没有说出口。

季南舟露出得意神色:"舍不得?"

乔粟深呼一口气,半天又开口:"季南舟,你有什么事说吧。"

季南舟顿了一下,眼神一下子暗了下来,他有些不放心地看了她几眼,可她的脸上没有任何表情。

过了好久,他才缓缓开口:"弥生自杀了。"

乔粟一愣，车子划开风的声音敲打着车窗，她仔仔细细地听着。

"是吗？那你以为我会自责或者难过，所以不敢说？"

季南舟想了想，也许有吧。

"可是并没有。"乔粟抬起头看向窗外，天色已经渐渐暗下来了，路边的霓虹灯一盏一盏亮起来，然后再迅速向后退去，像一条长长的彩色丝带，却不知道是谁在牵着那一头，拼命地拉扯。

"我只是以为他还能活久一点儿，至少可以杀了我。"

"他的目的不是你。"季南舟握着方向盘的手越来越紧，"是何桉。"

"无所谓是谁，人都死了，我还活着，所以那些也没什么意义了。"

"乔粟。"季南舟轻轻叫她的名字。

他很明显地可以感觉到乔粟忽然冷下去的情绪，仿佛心里有一团小小的火把，却被他瞬间浇灭了，可是他没办法。

"你不用把所有的罪孽都揽到自己身上，他们是他们，你是你。"

"嗯，我是我，你是你。"乔粟的声音有些哑。过了好久，她才又说话，"所以季南舟，你欠我的一碗面，就算了吧。"

前面一辆卡车开过来，白色的光照亮他们的脸，季南舟猛地一打方向盘，却没有看见乔粟毫无血色的脸。

"你说什么？"车子稳下来。

"反正这件案子已经结束了，警察和犯罪嫌疑人，或者是受害目标的关系也已经解除了。"

季南舟嘴角浮出的不知是冷笑还是苦笑："你还挺干脆的。"

她顿了顿："你就在前面那个路口把我放下来，从现在开始，我们就两清了。"

"……"

"我记性也不怎么好,过一段时间就把你忘了。你应该也差不多,事情挺多的,忙起来应该也不记得我了。"

季南舟想笑,却笑不出来,说话间是深深的无奈:"乔粟,你知不知道你在说什么?"

"知道。"

车子猛地停下来,乔粟往前倾了一下。

她解开安全带,手搭上车门:"季南舟,其实你挺好的,在和歌山的时候见到你真的很开心。"

她握上车门的手被季南舟一把拉回来,他倾过身来,隔着她不到十厘米的距离,她甚至还能感受到他落在自己脸上温热的呼吸。

"所以呢,我被发好人卡了,然后又被抛弃一次?"

乔粟不说话了,季南舟的目光却越来越危险:"告诉我,还要抛弃我几次?"

"最后一次。"

乔粟看着他眼底黑沉沉的一片,亲上他的脸。

季南舟一愣,还没有反应过来乔粟就退开了,她笑起来,眼睛像是一条鱼:"算是在和歌山你救我,奖励你的。然后,从今天开始我们井水不犯河水。"

沉寂良久,随即是一声开锁的声音。

"谢谢。"

乔粟说完,下了车,转身朝着来时的方向走去。她不知道前面是哪里,只是觉得这样季南舟继续往前走,她往后走,他们两个方向,谁也不会碰见谁。

车子发动的声音在身后响起,她听见轮胎碾过地面的碎石,然后越飘越远。她却始终没有回头。

一阵风吹来,乔粟觉得有些冷了。她这才意识到自己身上还穿着季南舟的外套,怪不得觉得他的味道还在身边阴魂不散。

乔粟将衣服领子拉高了些,双手插在里面衣服的口袋里,一直往前走着。她不知道这是哪里,也不知道自己会走到哪里。

口袋里的手握着一张纸,上面有宋续燃的号码。可是,她现在谁都不想见。

如果没猜错的话,弥生应该有没说完的话想跟她说吧。她笑了笑,一个人也好。

04

乔粟找到一个连锁的快捷酒店。她走进去,前台是一个男孩子,瘦瘦高高的。

"你好!"

乔粟愣了一下,声音有些低:"有电脑房吗?"

"有的。"

男孩子办好手续,将房卡递给她:"小姐,你没事吧?"

"没有。"

乔粟拿了房卡,面无表情地转过身。路过电梯旁边的仪容镜的时候,她瞥见了自己惨白的脸,像是从乱坟岗里刚爬出来的。

她照着房号找到房间，插卡，进门。然后靠着门插好电卡，打开了房间所有的灯，昏黄亮白的灯光交织着洒下来，窗外是一片荒凉的黑，偶尔有车路过的声音。

电脑在房间最角落的地方，靠近窗边，应该没什么人用，上面落满了灰尘。

她在门口站了好一会儿才走过去，坐下来，开机，等待，然后登录邮箱。

乔粟觉得这简单的几个动作，却好像用了她半辈子的时间来完成。

"嘀"的一声，收到新邮件的提示音在寂静的房间里显得有些诡异。果然来了，她努力使自己看起来镇静一点儿，然后握上鼠标、滑动、点开，和前两次一样的网址，一样的视频。

弥生的脸出现在视频里，隔着生与死的距离，他仿佛要看进她的眼睛里去似的。

"小乔姐。"

有些诡异的声音，却让乔粟渐渐静下来了。

"对不起，你是不是觉得我早就该死了？我也不知道，我为什么会杀了她们。我爸有情妇，我知道，从一开始就知道，也知道，他对他的妻子不是爱，对我妈也不是爱，可是对情妇却是真的爱。所以，他才会控制不住自己的占有欲，禁止她见任何人，一旦不听话就打她……

"何桉的视频是我爸录的，他就是想让自己清醒的时候看看自己有多残忍。后来他知道自己错了，可是医生说他有冲动人格障碍，他控制不住自己。

"可是我想啊,他那么爱那个女人,我就把那个女人杀了,让他尝尝失去的滋味。可是,依然没用……自那之后,我也越来越控制不住自己了,然后学着他录了第二个视频,然后杀了第二个女人。

"那个时候我才发现,自己已经不是单纯地想报仇了,杀人使我快乐,我只是在寻找一种刺激、快感。

"所以我接近你,想杀了你,你们应该在一起,我爸喜欢何桉,何桉喜欢你,你们应该永远在一起不是吗?"

弥生的眼睛,很亮,有一些异样的神采。

"哦,对了,我也挺喜欢我爸的。"弥生的语气有些变了,"尽管他不要我和我妈,尽管他打我,可是……我真的挺喜欢我爸的。"

接下来,乔粟就不知道发生了什么,她看着视频里弥生的目光看着某一个方向,忽然,他变得惊恐起来。

弥生不断地往后退着,一直到绊倒了一张凳子。然后,他疯了般,冲到摄像机的后面……

乔粟只听见视频里"丁零哐当"的声音,还有弥生尖叫的声音、吃东西的声音。

无数种声音混在一起充斥着乔粟的鼓膜,她觉得自己的耳朵仿佛要爆炸了,声音持续了两分钟,一切都安静下来了。

镜头晃动,换了方向。乔粟看见地上弥生的尸体,满嘴的食物撑得他的脸几乎变形,圆圆的眼睛瞪着,眼球几乎要凸出来,还有那只被烧毁的手,生生地被砍断了。他左手握着菜刀,不远处的地上有摔碎了的盘子和一团燃烧着的火焰。

屏幕忽然一片黑暗。乔粟想起来,弥生第一次跟她介绍自己的场景,一个大男孩儿,傻傻地笑着,说:"你好,我是弥生,三月弥生的那个弥生,以后可以叫你小乔姐吗?"

外面传来敲门的声音,随后是一个女孩子的声音,微扬轻快的语调:"Room Service."

乔粟想站起来,却没了力气,她张了张嘴,也发不出任何声音,仿佛是掉进了一个虚无的世界。

"嘭"的一声,她倒在地上。

有人慌慌张张地推门进来:"啊,你怎么了?"

一个女孩子将乔粟从地上扶起来,放到床上,然后迅速地拿起电话。电话只不过响了一声而已,那边的声音透着些焦急:"怎么样了?"

"季南舟,你快过来,她……她……"

电话被挂断了,女孩子看着手机,杏眸瞪得很圆:"凭什么挂那么快?要是我说的只是她叫你滚呢!"

季南舟只用了三分钟的时间就赶过来了,他看着床上脸色惨白的女人,咬牙:"她怎么样?"

女孩子坐在桌子上晃着腿:"没事,有些发烧吧。"

"肯定答案。"

"发烧,太累了。"

"不过啊,"女孩子的两根指尖夹着一张皱巴巴的纸在空中晃动着,"我从她口袋里找到了这个。"

季南舟凝眸看过去,好像是一串数字。

"没错,宋续燃的电话。"女孩子一个字一个字地念,"然后顺手也给他拨了过去,大概二十分钟后就会来了。"

季南舟没说话。

"谁让你一会儿吩咐我假装出租车司机去路边接个人,一会儿又让我来酒店假扮服务生,结果还是为了一个漂亮的女孩子,我生气了。"

"你先出去。"季南舟声音淡淡的。

"不要。"

"我给顾承禹打电话了。"

"季南舟,你!"女孩子气结,却也只能瞪着季南舟的背影说不出话来,然后认命,逃命似的跑出去。

季南舟走到床边,伸手抚上乔粟的额头,湿冷的汗也隔不住额头的滚烫。

乔粟似乎是被梦魇住了,嘴唇不断地张张合合。季南舟靠近了点儿,才听清她说的什么,反反复复就说那一句——对不起。

对不起,对不起什么呢?

季南舟握住她有些冰凉的手,声音温柔:"没关系的。乔粟,没关系的,我在这里,不管发生什么事,我都会在这里,挡在你前面。"

乔粟醒过来的时候,身边是前台的那个男孩子。

男孩子没等她问,解释道:"小姐,对不起,我看有些不对劲儿,刚刚就想着过来看一看,结果就发现你倒在了地上。"

乔粟摸了摸自己的额头,上面贴着什么。

"哦,这个是退热贴,你有些发烧。"

乔粟想揭下来，想了想还是算了，她坐起来："我睡了多久？"

"十几分钟吧。"男孩子说道，"我准备联系你的家人，就擅自翻了你的口袋，只找到一张纸，于是……就给他打电话了，应该马上就过来。"

"谢谢。"

乔粟应了声，刚站起来，就看见门口的宋续燃，他来见她的时候，永远都是这样风尘仆仆的样子。

"粟粟。"

"嗯？"

宋续燃没有问她为什么不好好待在医院、为什么会跑到这儿来，他只是缓缓地走到她身边，声音隐忍："我们回家。"

"嗯。"乔粟由着他扶着自己出去。

走的时候，宋续燃看了前台的男孩子一眼，声音沉沉地说了句"谢谢"。

男孩子看着他们进电梯，靠在墙上深深地松了一口气，忽然又想起什么，赶紧给那人打了电话："哎，你好。"

"嗯。"

"我已经照你说的做了，那位小姐已经被带走了。"

"嗯。"

季南舟挂了电话，靠在车子上，长长吐出一口烟圈，他已经看见了，乔粟乖乖地坐进了宋续燃的车。

在他身边的时候倒没见她这么老实。

旁边响起一声清脆的笑，是刚刚那女孩儿，皮肤很白，脸颊上两抹淡淡的红晕，笑的时候眼睛弯成一道月牙。

"季南舟，"女孩子的语气意味深长，"你是不是喜欢她？"

季南舟又吸了一口烟，看着宋续燃车子消失的方向："是。"

"为什么？"女孩子没想到季南舟居然会这么轻易地承认，刚刚还准备了一系列手段打算逼问一下，岂不是白费力气了？

季南舟声音沉沉的："我以为我已经表现得够明显了。"偏偏她还能若无其事地三番五次推开他。

女孩子看着季南舟的表情，低着头嘟哝着："有什么了不起的，我也喜欢她。"

季南舟看过来，女孩子不服气："你知道我在山洞里，是谁把我救出来的吗？"

"没错，就是她。"她扬起下巴，"所以啊，我喜欢她是有原因的，因为她救了我。"

季南舟的电话又响起来，他看着屏幕上的号码，嘴角扬起一丝笑。

"夏蝉在我这里。"

"季南舟你！"叫作夏蝉的女孩子尖叫起来，跳起来要夺季南舟的手机。

季南舟笑了笑，将手机塞给她，转身打开车门。

夏蝉看着屏幕上的未接来电，一串数字，尼日利亚的号码？她狠狠地踹了一脚车子："季南舟，你骗我！"

车子发动起来，夏蝉绕到另一边拉开车门坐进去，气势汹汹："我哥回去了？"

"现在应该到尼日利亚了。"

夏蝉松了一口气，语气里满是按捺不住的兴奋："太好了，自由了！"

季南舟看了她一眼："是挺自由的，你不如现在再去山里，然后找个山洞待一下，我觉得你这一次可以活十天。"

"不要，我怕死！"

夏蝉的语气渐渐变弱，忽然想起什么，她从口袋里掏出一个U盘，献宝一样地递给季南舟："看。"

季南舟正在开车，瞥了一眼："不要试图转移话题。"

"关于乔粟的哦。"夏蝉得意地笑，"在酒店的时候，从她用过的电脑上拷下来的。"

季南舟拧眉，夏蝉悻悻然，果然是乔粟。她有些忧伤地解释着："我看了一下，是那个叫作弥生拍的视频。很明显可以看出来，不完全算是自杀，是有人故意刺激他，导致他精神失常，把自己杀人的手段全用到了自己身上。"

车厢里的空气瞬间变得冷凝，有人故意刺激。

那么，是谁？

第七章

冬风余几许

01

乔粟被宋续燃强制性地送到青和医院住了几天,转眼已经是何皎皎开学的日子了。

病房的门被打开,进来的是宋青和,她穿着白色的医大褂,气质婉约大方。

她朝着乔粟走过来:"今天准备出院了?"

"嗯。"乔粟正在收拾东西。

"宋续燃没来接?"

"不用,我直接去何皎皎学校。"

宋青和绕到她面前:"可我已经给那小子打电话了哦,他正在赶来的路上。"

乔粟停下来,直起身子看着她:"宋院长,你有什么话要对我说吧?"

"果然是那小子看中的女孩子，"宋青和笑，"请你喝杯茶？"

两人去了医院附近的一家咖啡厅，很欧式的装修风格，里面有三三两两的几个人，应该都是在附近上班的人。

宋青和进门便有人迎上来，一个三十多岁的男人，个子很高，风度翩翩，眉目间有一种岁月沉淀的魅力。

他穿着工整的西装站定在宋青和面前，看了一眼旁边的乔粟："宋家的人都长这么漂亮。"

"差不多算是半个宋家人了。"宋青和掩不住眼里的笑意，朝着乔粟介绍道，"这是这家店的老板，沈江维。"

乔粟并没有兴趣知道，反正也记不住，点点头算是礼貌打过招呼了，余光里却看见从角落里走过来的女人。

比起宋青和的知书达理，走来的女人看起来更像是名门夫人，身上有一种温婉孤傲的气质，像是民国时期的人，适合撑着油纸伞走在雨巷里。

"周医生。"乔粟叫她。她是宋青和医院里的心理学教授——周晚，曾经给乔粟做过心理辅疗的人。

周晚走过来，自然而然地站在沈江维的旁边，嘴角浮出浅浅的笑："你们都在这里。"

"嗯。"宋青和点头。

乔粟似乎看出了什么，内心又有一种看热闹的快意在膨胀。

"最近怎么样？"周晚忽然问道。

乔粟回过神，隐去眼底的情绪："挺好的。"

简单寒暄之后，服务员带着乔粟和宋青和上了二楼，拐弯的时候，宋青和还不忘看了眼门口一起走出去的人。

"你应该没戏了。"乔粟嘟哝了一句。

宋青和骄傲地昂着脖子，像一只尊贵的天鹅，不屑于江边的野鸭："夕阳恋也是挺不容易的。"

"你也年轻不到哪里去。"

宋青和乜斜了她一眼，笑："沈江维只是周晚的病人而已，况且周晚已经有儿子了，年纪应该跟你差不多大。"

病人？乔粟的重心全在前半句话里，她若有所思地透过玻璃窗看着正在过马路的人，西装笔挺落落大方，根本看不出来有心理疾病。

不过，每天擦肩而过的这么多人，又有几个人看起来像是有病的人呢？

乔粟坐下来，宋青和坐在她对面："这里我常来，咖啡很不错。"

乔粟并不打算浪费时间周旋，直接切入主题："可以说了。"

宋青和笑了一声："宋续燃。"

"嗯。"乔粟不知道宋青和到底明不明白什么是开门见山，如果不是宋续燃，她可能根本不会坐在这里了。

"我希望你和宋续燃在一起。"

乔粟听着一旁磨咖啡豆的声音，觉得有些可笑："嗯，你希望。"

宋青和看着外面的车水马龙，没有理会乔粟的话，依旧自顾自地说道："宋家也算得上是有头有脸的大家族，宋续燃的爸爸是我大伯宋之耀，我爸是老三，还有个二叔宋之行，你应该认识，是你们公司的老板。"

乔粟不认识，他们公司她可能就认识宋续燃。她搅着杯子里的白色泡沫，有些无聊。

"大伯从小就跟爷爷关系不好，结婚后就搬出了宋家。不过，他本来就厉害，即使白手起家混得也不比我爸和二叔差，何况也是家世不错的人。

"宋续燃小时候特别招人喜欢，所以我们家和二叔他们都挺羡慕他们家的。但是也挺可笑的，他五岁以前我只见过他一次，再见他的时候他刚满六岁，却沉默得不像那个年纪的孩子。后来我才知道他经历了什么。"

宋青和的表情忽然变得有些怪异："如果不是亲眼见过一次，我应该会一直觉得他们家挺好……那是没有打招呼去他们家玩的一次，然后就看到，不该看的一幕……"

宋青和顿了顿，握着杯子的手有些发紧："他爸绑着他的手把他吊在电扇上，你知道以前那种安装在天花板上的吊扇吗？他爸爸就从最小的风力开始转，边转边抽。他妈妈趴在地上，身上又青又紫。

"他才那么小，一声都没有吭，第二天依旧若无其事地来找我，说'姐姐，这题我不会'。我问了，他却什么都没有说。可是我永远也不会忘记那个时候他的眼神，令人战栗。

"我小时候就怕大伯，那个时候也就十五六岁，所以一直没有说出来，直到后来，宋续燃满身是血的跑来找我，跪在我面前，我才知道，宋续燃承受的远远不止那些，吊电扇、跪玻璃碴儿、冬天光着身子站在外面……

"而那一天,他亲眼看着他妈妈被他爸爸杀害……后来他爸爸入狱了,爷爷气得中风,他回了宋家。

"宋续燃大学毕业的那一年,爷爷求了很久他才答应去见他爸一面。回来后,他就不顾我们所有人反对,独自去了国外,还换了专业,而他爸爸一个月后就在狱中自杀了。"

乔粟一直低着头,袅袅的雾气盖住了她的眼睛。

乔粟想不明白,问:"你告诉我这些,是想让我同情他?"

宋青和笑:"我想让你了解他。"

乔粟侧过头,看见马路对面正在等红灯的人,黑色的大衣,颀长而立。他身后有两个女大学生聚在一起,小心翼翼地窃窃私语,却遮不住眼里的小欢喜。

"乔粟,他从小就是一个冷漠隐忍的人,可是他看着你的时候,眼里满满的都是温柔、宠溺。这么多年来,我还是第一次见。我想,他这辈子应该不会再用同样的目光看别人。"

宋青和终于言归正传:"乔粟,有时间跟我回一次宋家吧,爷爷最近身体不好,他这辈子最觉得亏欠的,就是宋续燃。就算是做做样子,让他开心一下也好。"

"况且,"宋青和顿了顿,意味深长,"宋家对你的恩情也不薄。"

乔粟笑,还没开口门就开了。真是来得及时,否则的话,她也不知道待会儿自己会对宋青和做出什么样的事来。

宋续燃走过来,在宋青和的目光下很自然地走到乔粟旁边坐下来。

宋青和叹了口气,站起来:"好了,我说完了。"

宋续燃侧头问乔粟："你们说什么了？"

乔粟想了想，宋青和却抢先打断了她，对宋续燃说："你跟我出来，帮我付个钱，我还得买一些咖啡豆。"

"咖啡喝多了不好。"宋续燃说。

"出不出来？"

宋续燃无奈，站起来对乔粟说了句"等我一下"，就跟着宋青和出去了。

门关上的那一刻，宋青和在前面停下来："宋续燃。"

宋续燃抬眼："嗯？"

宋青和回过头："我以前觉得乔粟挺适合你的，现在看来可能并不是这样。"

宋续燃笑了笑："你是来棒打鸳鸯的？"

"你自己想清楚。"

"宋青和，"宋续燃叹了口气，他现在已经很少叫她姐姐了，"她是不是适合我无所谓，我喜欢她，就要让自己更适合她一点儿才是。"

"她不喜欢你。"宋青和没有任何迟疑地说出这句话。

宋续燃看着那扇门，仿佛能看透似的："也许吧。"

漫长的沉默，宋续燃看着宋青和的眼睛，语气缓慢而坚定："我从来都觉得，我身上最好的一部分，是我能够去施予人爱的一部分，而不是我能够博得人爱的那部分。"

宋青和沉默了，宋续燃这辈子，就算是当初被虐待也没有露出过这么无助的表情。可是现在，三十而立的男人，明明在哪里都可以万众瞩目，此刻却像个孩子一样，眉眼之间融进了悲凉。他说："可是，我没办法。"

我没办法。

宋青和的心,狠狠地疼了起来。

她眨了眨眼睛,清了清嗓子才说出话来:"有时间带她回宋家吧,爷爷应该很想见见她。"

宋续燃进来的时候,乔粟正把头靠在玻璃上写着什么字。

他走过去,乔粟站起来,拿起衣服:"可以走了?"

宋续燃想说的话化成无奈的笑:"走吧。"

车子上,乔粟看着前面放着的摇头娃娃,那是她大学的时候买给他的,到现在差不多有六七年了吧。

黑色的小恶魔,头上两只角,手里举着叉子,无耻又欠揍地笑着。乔粟觉得,这正是现在自己心里的样子。

"我知道你想说什么,"乔粟忽然开口,"可是我不想去。"

"你只有在拒绝我的时候才这么干脆果断。"宋续燃似乎已经习惯了,表面上不动声色,眼里满是宠溺的无奈,"可是我却拿你没办法。"

乔粟百无聊赖,低着头在手上折着纸飞机:"宋青和还告诉了我你小时候的事。"

车子很明显震了一下,宋续燃脸上的神色瞬间恢复如常:"是吗?我小时候过得也不怎么好,不过现在也挺好的,我们都没死。"

宋续燃眯起眸子,敛去眼底的瞬息万涌。那个时候的事啊,那个时候的事他已经有些记不清了,可是……

02

楚寰大学在郊区的小半山上。小半山是一座小山,学校建筑依山而建,山顶就是开学典礼的礼堂。

乔粟和宋续燃赶到的时候已经下午两点半了,两人站在紧闭的礼堂门口,宋续燃问:"要进去吗?"

乔粟想了想:"进去。"

本来不想去的,致使乔粟做这个决定的,是礼堂旁边停车场里的那辆车。乔粟轻轻一转眼就看见了,黑色的悍马,张扬而不自知地停在那里,让人很难忽视,就像季南舟一样,她记得,那是季南舟的车。

可是又并不想因为他在这里,就成为自己逃避的理由,毕竟那样会显得自己似乎很在意。

宋续燃打了个电话回来,看她:"怎么了?"

乔粟疑惑,自己看起来像是有什么的样子?

"没什么。"

不过两分钟便有人过来接了,西装革履的男人神色恭敬:"宋先生,位子已经留好了。"

乔粟瞥了他一眼:"校长是你亲戚?"

宋续燃笑了笑:"你不知道青和医院还有个名字,叫楚寰大学附属医院?"

哦,乔粟想了一下,又问:"这样说,周医生也是这里的人?"

"心理学专业的教授。"

两人进去的时候,台上正是周晚在发言。

她似乎看见他们进来了,目光移过来,停顿了两秒,然后朝他们笑了笑。

乔粟跟着宋续燃找到位子,何皎皎就坐在旁边,她侧过头来看他们,眼神柔和了许多:"小乔姐、宋大哥。"

乔粟忽然觉得,小乔姐这个称呼已经很陌生了。她顿了顿,问道:"还好?"

"嗯。"

"啊,是你啊,大姐姐。"

乔粟这才看见何皎皎另一边还坐着人,是一个小孩子。她想了想,好像不认识他。宋续燃也疑惑。

何皎皎解释:"罗照的……儿子。"

"罗医生?"乔粟忽然想起来,他们在机场见过,那是自己第一次见季南舟的时候,只不过这小孩儿今天看起来却没有那天活泼,"他怎么在这里?"

何皎皎摇头:"不知道。"

台下忽然响起一片热烈的掌声,打断了乔粟要说的话。她看向台上,主持人兴致高昂地报幕:"接下来请欣赏由楚寰合唱团带来的歌曲——《爱我中华》。"

右前方传来一声剧烈的欢呼尖叫混在掌声里:"罗小骚,加油!你是最棒的!"

乔粟看过去,是一个穿着米色棉衣的女孩子,短头发,从侧面也可以看见她晶亮的眼睛,干净纯粹,让人很难忽视。

可是更让人难以移开目光的是她旁边坐着的那人,在一群假正经的人里,穿着黑色休闲衣,慵懒随性地靠在椅背上,嘴角微微上扬的弧度可以看出来他心情有多好。

季南舟。

他拉住旁边的女孩子,嘴唇张合,乔粟似乎能听见他的声音响在耳边——住嘴。她心里忽然有些堵,移开目光,皱着眉头紧紧地盯着台上。

宋续燃在旁边看着她心烦意乱的表情,看了那边一眼,不动声色地眯了眯眼睛。

"乔粟。"

"嗯?"

又是一片热烈的掌声,宋续燃没再说话,半张脸掩在阴影中看不清表情。

可是,明明应该安静下来等待大合唱这样枯燥乏味的节目的时间,台下忽然欢呼起来。乔粟不明所以,而主持人也是一脸蒙了的表情。

宋续燃笑:"可能有什么惊喜。"

果然。

一瞬间,会场暗下来,只留下舞台中央的那一束光。照着正中间的升降台,从泛着柔光的头发,到令女生尖叫的轮廓,再到拨着吉他弦的手。

升降台缓缓送上来的人是,罗照。

他温柔地笑着,穿得人模狗样的。乔粟只能想到这四个字了。她眼神不自觉地去看季南舟那边,他看起来好像也不知道罗照葫芦里卖的什么药。

事实上，季南舟真的不知道，他只是在早上的时候忽然接到罗照的电话，一向风流成性的男人在那边一本正经地说道："季南舟，事关我的终身大事，你来不来？"

"不来。"

"何皎皎。"

季南舟想了一下："换口味了？"

罗照否定，说得像是真的一样："季南舟，我应该知道，你对乔粟动心的那种感觉了。"

动心？

季南舟用眼角的余光看着左后方的女人，乔粟安安静静地坐在那里，不知道在想些什么，偶尔皱起眉头，一脸烦躁的样子。

嗯，的确挺让人动心的。

所以他来了，想看看那个让他动心的女人，在又一次撇开他之后，过得怎么样。

罗照调了调麦，万众瞩目，而他的眼睛却始终只看着特定的某一处，温柔得要淌出水来："大家好，我是罗照，'明月何皎皎，照我罗床帏'的那个罗照。今天借用贵校的舞台呢，是想把一些话唱给一个女孩子听。我也不知道你们大学女生喜欢什么，想了很久，真的，绞尽脑汁了，发现自己只能为她唱一首小情歌。"

"况且，"罗照环顾了四周，"我妈应该也在这里，算是为她介绍这个儿媳妇吧。"

台下女孩子的尖叫随着音乐声起慢慢平静下来，随后是罗照温柔的声音，像是静静流淌的泉水，抽丝剥茧，唱进人的心坎。

> 翘翘的嘴唇，圆圆的脸蛋
> 深深的酒窝，尖尖的下巴
> 长长的睫毛，大大的眼睛
> My God！这世上还有这样女生像漫画里面会低着头害羞
> 怎么办就这样深深地中招了
> 叫你一声小宝贝，最亲爱的小宝贝
> 别人不行就你对，说什么我都OK
> Honey baby 小宝贝，甜蜜包围这一切
> 幸福逃跑我来追，再多累都不疲惫
> 叫你一声小宝贝，最亲爱的小宝贝
> 别人不行就你对，说什么我都OK
> Honey baby 小宝贝，不管世界怎么变
> 我都在身边让你陪……

乔粟转过头看着身边的何皎皎，她偏着头，抿着嘴认真地看着台上唱歌的人。

宋续燃在旁边笑起来，乔粟回头看他。

宋续燃点头："应该没错了。罗照的妈妈，就是周医生。"

"周医生？"乔粟奇怪，这么多年她好像根本没听说过。

宋续燃淡淡地解释："周医生很早就离婚了，儿子跟的是父亲，所以周医生没说也不奇怪。"

乔粟眼底闪过一丝不屑:"他这样的人阅历不算少吧,长得就是犯桃花的样子,这样的手法都看烂了,他也敢用。"

"不过也还好。"宋续燃说,"如果是你大学的时候我也会想到这个……"

宋续燃忽然没有再说下去,乔粟看着他,他声音有些低,似乎有些苦恼:"没想到我已经这么老了,最起码绞尽脑汁也想不出来,还能这样追一个女孩子。"

乔粟愣了一下,似乎觉得前面有一道凌厉的目光射过来,可是那边,明明连座位都空了。

一曲唱罢,台下的学生们已经沸腾起来,主持人也慌忙打着圆场。

而罗照拿着吉他,不徐不疾地从升降台上跳下来。他对何皎皎眨了眨眼,当着所有人的面走下来,灯光跟着他一路过来。

宋续燃忽然拉起乔粟,将她带到一边,稍稍扶着她,在她耳边响起的声音很轻:"我们最好不要出现在镜头里。"

罗照停在何皎皎面前,旁边的罗小刀不知道从哪里递来一只绿色的青蛙玩偶,罗照接过来,朝着何皎皎晃了晃,笑得格外好看:"看,青蛙。"

看,青蛙……

乔粟怔在了原地。

何桉以前最喜欢的就是青蛙玩偶,乔粟和何皎皎受欺负不开心的时候,何桉总是会从身后变出一只绿色的丑丑的青蛙玩偶,然后在她们面前晃啊晃,说:"看,青蛙。"

何桉还会"呱呱"两声,然后何皎皎就笑了。何皎皎就是这样长大的,在何桉和一只绿色的青蛙玩偶的陪伴中。

可就在前不久,何皎皎却无意中知道了何桉的死讯,乔粟害怕的事情还是发生了!

开朗的何皎皎不在了,她变得冷漠、喜怒无常,甚至一回来,就烧掉了屋子里所有的青蛙玩偶。

乔粟至今还记得那个时候何皎皎脸上的表情,带着巨大的仇恨,却又平静得令人发毛。

可是现在,何皎皎从罗照手里接过来玩偶,笑起来:"嗯,青蛙。"罗照捏了捏她的脸。

在所有人看来,这是多么令人羡慕的一对。

可是一种异样的感觉不断从乔粟心底蔓延开来。

03

典礼结束,乔粟跟着何皎皎从会场出来,外面的山坡上挤满了人,不知道发生了什么事情。

可是,她看到了人群前的那个人——季南舟也在那里干什么?

宋续燃似乎也注意到了:"人太多,容易伤着,你带何皎皎先回车上。"

乔粟却像没听到似的,紧紧盯着季南舟,只见他一跳,跃过护栏……

乔粟不自觉地往那边走去,混杂的人群中,她完全没有听到宋续燃喊她的声音,也没有注意到,眼神忽变的何皎皎。

"啊,那是什么……"

"好像是……"

"周……教授……的车?"

"咦……"

乔粟挤在人群里,听着旁边学生们的声音,周教授,周医生?她快步走上去。

季南舟前面是一个微斜的山坡,种着一些密密麻麻的竹子,而竹子的另一边,一辆红色的车发生了车祸,似乎是从那边的桥上冲下来的,现在整个车身翻转了过来。

她能确定,那就是周医生的车。

耳边的广播里传来一阵声音:"请各同学立即到格物楼前集合,发放教学材料,否则扣除学分……"

学校保安也迅速地围上来,将学生们疏散开。

乔粟皱着眉,也准备翻过护栏,却被不知道什么时候跟过来的宋续燃拉住了胳膊。

"粟粟。"

"宋续燃,那是周医生。"乔粟说了一句,一跃而过。

季南舟正蹲在地上看着什么,他将手放在那人鼻间闻了闻,然后抬眼看着跑过来的乔粟。

"死了对不对?"乔粟的声音听不出任何感情。

那人的确是死了,车子没有任何问题,人在里面,像是放在冰箱里的冻肉,僵硬惨白,而且,尸身上还有一些类似冻伤的痕迹,很奇怪。

"她是我的心理医生。"乔粟透过车挡风玻璃看着车子里的人，顿了一下，"我，认识的人。"显然，她也看出了尸体的异常。

不对，应该说，死的又是与我有关的人。

季南舟走到她身边："嗯，我也认识，罗照的妈妈。"

"不一样。"

乔粟有些倔强地看着他。

季南舟对上她平静无澜的眼睛，仿佛看见她的瞳孔里，有一个正在疯狂尖叫着奔溃的小人。

季南舟伸出手，想握住她，却被她躲开："会死的。"

季南舟偏要握住，他抓住她的手，不顾她的挣扎，将她扯进怀里紧紧抱住，手臂箍住她乱动的手。

"不会。我就在你身边，不会死。"

仿佛咒语一般，季南舟的声音在耳边回响，乔粟慢慢平静下来，大口大口地喘着气。

一阵混乱的脚步声响起，是警察过来了。

季南舟松开她，却依旧紧紧握住她的手，仿佛生怕她会消失一样。

年轻的警察跑过来，有些尴尬地叫了句："南哥。"

"封锁现场，让法医赶紧过来，地上有密封胶的味道。"

"还有……"季南舟忽然停下来，补充道，"家属那边，我来通知。"

又简单地交代了几句，季南舟拉着乔粟离开。

一直到回到大路上，乔粟也依旧一句话都没有说，像是一个傀儡一般，任由他拉扯着身上的丝线。

季南舟忽然想起之前在洑水巷里看到她的时候那个样子，和现在一模一样。

"季南舟。"乔粟忽然喊他的名字。

"我在。"

她看着他的眼睛，缓缓举起交握的两只手，喃喃问道："为什么一点儿温度都没有？你的手既不冷也不热，我感觉不到你的温度……"

季南舟伸手拍了拍她的脑袋："叫我能感觉到你手上的温度，很暖。"

乔粟低下头，她看得出来季南舟眼睛里压抑的沉痛，死去的人是罗照的妈妈，而罗照是他的朋友，他现在不仅要想怎么通知罗照，还要若无其事地陪在她的身边。

而季南舟，仿佛永远是一种保护她的姿态，他从来不会将自己最真实的情绪展露出来。

"季南舟……"乔粟想说什么，却被更远的一声叫唤打断。

是罗照。

季南舟眼底有一闪而过的悲哀。

"季南舟！"罗照气喘吁吁地跑过来，似乎没注意到两人之间的异常，直直地看向乔粟，"何皎皎呢？"

乔粟张了张嘴，心里的不安一刻也没有停过："何皎皎……"

她不知道……

"她应该跟宋续燃在一起。"乔粟很努力地回想着。

罗照还没来得及说话，一只绿色玩偶从空中掉下来，滚落在他脚边，正是刚刚那只青蛙玩偶。

青蛙玩偶的一只眼睛已经被弄坏了,脸上大大的微笑看起来像是诡异的嘲讽。

罗照的瞳孔急遽收缩,他慢慢抬起头——

旁边十二层的高楼上,三月的凉风里,何皎皎穿着红色无袖棉裙,光着脚站在欧式屋顶的边沿,长长的柔软的头发被风吹起来,像是立在屋顶的小旗。

"何皎皎?"

一秒钟之后,罗照拔腿就朝着那栋建筑跑过去。

"乔粟。"

季南舟只觉得她的掌心渗出一片湿热的汗。

乔粟没听见他的声音,挣开他的手,跟在罗照后面。

忽然她又回过头,眼里有一闪而过的无助,却又瞬间换成倔强:"季南舟,救命。"

语气和季南舟第一次遇见她的时候,一模一样。

季南舟恍惚了一下,后面有人叫他的名字,是夏蝉。她眼睛红红的跑过来:"季南舟,罗照他……"

季南舟点点头:"他还不知道,现在的事情,一件一件地解决。"

他声音沉静,带着一种安抚人心的力量:"夏蝉,先去叫警察。"

夏蝉有些疑惑,看着地上绿色的青蛙玩偶,抬起头,眼里瞬间写满了慌乱:"那是……"

夏蝉还想说什么,季南舟已经跑走了。她抬起头,伸手挡了挡有些刺眼的阳光,那个女孩子,是罗照刚刚表白过的女孩子。

而她身边，好像还有……罗小刀？！

04

几个月前的那天，何皎皎还在日本留学，正在观看一场焰火大会。而人潮汹涌中，当烟花在头顶绽开，她收到了那条短信。

打开，无号码、无区域，只有一个链接，她也不知道当时为什么就点开了，明明以前都会直接忽略或者删除的。

浅绿色的进度条在屏幕中间渐渐被加载满。

然后她就看见了，一个视频。

一个男人趴在何桉的身上，任凭何桉痛苦地呼救、挣扎，都不管不顾。不知多久之后，男人走开了。

然后，何桉像疯了一样，拿着刀子在自己的手腕上划，一刀一刀的，仿佛感觉不到疼痛，嘴角渐渐漫起诡异的笑。

"不要……不要！"何皎皎蹲在异国的街道上，近乎绝望地呼喊着。屏幕忽然黑掉了，却依旧能听见何桉的声音、男人低狂的怒吼声，还有像是死神倒计时一般的声音——

一、二、三……十。

随后，一切都安静下来了。屏幕亮了起来，她又看见了何桉，躺在空荡的屋子里，一动不动。

那是她在这个世界上仅存的亲人，明明相互扶持着走过了最阴暗的路。明明何桉在很早以前就告诉她，她要当小姨了，而她还在期盼着何桉回家的那一天。

现在，何桉却惨死在她眼前。

何皎皎趴在路边，忍不住地呕吐着。

报仇——这是她每次活下来的时候仅存的想法。

"何皎皎。"罗照从天窗爬出来，看着仿佛随时都会被风吹下去的少女。在她的旁边，还有似乎是睡着了、却被绑住了手脚的罗小刀，绳子的一端握在何皎皎的手里，上面绑着一块砖。

何皎皎看着他，眼里全是仇恨，仿佛刚从地狱里抽身而出的妖魔。果然，还是双重人格。

罗照心里空了一大块。

"何皎皎？"何皎皎嘴角浮起一抹嘲讽的笑，"罗医生，你还记得何桉吗？"

她看着罗照的眼睛，踢了踢罗小刀："他的妈妈，就是何桉吧。杀了她的人，是你，对不对？"

罗照低着头看不清表情。她说得没错，罗小刀是何桉的孩子。

一路跟在罗照后面，正准备爬出天窗、只露出半个头的乔粟忽然停住了向上攀爬的动作，原来……她怎么就看不出来呢？罗小刀的眉眼，像极了何桉。

乔粟怔怔地趴在扶梯上，脚下一滑，差点儿掉下去，却撞上了一个温暖的胸膛。她回过头，唇几乎要擦到季南舟的脸，眼睛里却终于有了焦距："季南舟。"

"是我。"

乔粟站在扶梯上，与季南舟差不多高。身后是坚硬的怀抱，似乎还能感觉到他的心跳,沉稳有力。

"上去,试图拖延时间,我从另一个口子上去,见机行事。"

乔粟没有来得及说话,只是听着季南舟的声音,点头。然后看着他走下去,矫健利落的身影消失在视线里。

她从天窗爬上去。

何皎皎看了她一眼:"小乔姐?"

"你在做什么?"乔粟淡淡地看着何皎皎,心里却被这个眼神看得发怵,她根本不敢相信眼前这个人是何皎皎。

"姐姐一个人一定很孤单,我把小刀带过去,再把罗照带过去。他们一起,去和姐姐做伴。"

"皎皎,"罗照忽然镇静下来,看着她,"告诉我,现在看得见死神吗?"

何皎皎愣了愣,忽然狂妄地笑起来:"什么死神?罗照,我的死神,是我。"

罗照眯起眸子:"刚好,我也是自己的死神。"

罗照的手背在后面,示意乔粟安静,事到如今,她也不得不相信他了。她看着整个房顶的构造,从他们这里到何皎皎那里,有一个大概三十度的坡度,何皎皎站在边沿,罗小刀被绑在旁边。

何皎皎也不傻,罗照往前走一点儿,她便往后退一点儿,拉着罗小刀往下滚一点儿。

而季南舟说的另外一个口子,在何皎皎所站的位置正下面两米左右的地方,有一道窄窄的檐台。

他应该是想从那里爬上来,所以,他们要尽可能地吸引何皎皎的注意。

"何皎皎,"罗照的声音低下来,"那你信我吗?"

何皎皎没说话,只是看戏一样看着他。

罗照继续说道:"本来这算是我和你姐姐的一个约定,答应她不告诉任何人的。可是因为是你,我不想和你有秘密。"

何皎皎耻笑:"无聊的谎言。"

罗照的声音却格外温柔:"何桉是我的朋友,她……我以前确实不是什么好人,有一次喝多了,上了黑老大的女人,然后在巷子里差点儿被打死。她刚好路过,救了我。那个时候,我还不知道她经常找我,是想确定自己是不是患有斯德哥尔摩综合征,所以,我也以为真的只是单纯的救命之恩和朋友。"

罗照顿了顿:"等我知道的时候已经晚了,那个时候她应该已经知道自己活不久了,也不敢找别的朋友,就托人将罗小刀交给了我。毕竟她那一天要是没救我,我可能就死了。所以我答应了她,并一直把罗小刀当成自己的儿子来养。"罗照看着她的眼睛,"皎皎,罗小刀是何桉的儿子,但不是你想的那样。"

何皎皎静静地听着。乔粟双手插在口袋里,她记得何桉给她打过一次电话,说想请她帮个忙。可是,何桉想了想又收回了,说:"你还要嫁人。"

乔粟想,应该就是这个事吧。如果那个时候自己没有生何桉的气,去找了何桉的话,何桉应该也不会死了吧?

乔粟脸上却看不出任何表情:"何皎皎,何桉的死不关罗照的事,杀何桉的也不是他。"

何皎皎偏着头，将目光缓缓移到罗照身上："所以呢？"

罗照试图往前走："皎皎，何桉那个时候没有带走小刀，是因为她想让你有个活下去的盼头。小刀是她生命的延续，她不想离开你，她希望她从来都没有离开过你。"

"愚蠢的想法。"

罗照一点点地挪动着步子，伸出手："还有，罗照也不会离开何皎皎，永远不会。"

何皎皎看着他的手，仿佛听见了世界上最大的一个笑话："罗照，你骗人！"

罗照忽然想起另外一个何皎皎，总是喜欢侧着头呆呆地看着他，语气一模一样，说："罗照，你骗人。"

可是这世上，永远只有一个何皎皎。

而他也很早就知道何皎皎接近他的目的，可是那又怎样呢？一开始只是觉得有趣，可是后来……嚆！

罗照冷笑一声："对，我骗人，那一天你睡在我身边的时候我还在骗自己，你和别的女人没有什么两样。可是皎皎，现在我不得不承认，你和她们不一样，你是我想放在心里一辈子的女孩子。从那一天开始我不再碰别的女人，不再留恋风花雪月，只想告诉全世界，罗照喜欢何皎皎，一辈子就这么一次的喜欢，一辈子也就这么一个。"

何皎皎笑笑，语气中透着轻蔑："好，那你先杀了我，我再把那个何皎皎还给你。"她笑着，风吹着她红色的裙子猎猎作响，似乎在与自己无声地对峙。

"皎皎，过来。"罗照伸出手说。

第一次见到他的时候，在飞机上，他也是这么说的。那一次，他紧紧地握住她的手腕，声音温润得像是二月滴滴答答的雨，湿漉了她的心，他说："很疼吧，不疼了，我在这里，不疼了。"

罗照，你凭什么觉得，我不疼了？我最开心的时候，我姐姐死了，我的整个人生都是她给的，而现在她死了。

我凭什么不疼了？

还有乔粟，她凭什么不告诉我一切？凭什么瞒了我这么多年？

"啊！"何皎皎尖叫着，泪水流出来，沾湿了整张脸。她跪在地上，狠狠地抓着自己的头发，"为什么？为什么？为什么拥有爱的人从来不珍惜？而我姐姐被所有人伤害的时候，还要说'这个世界，我爱它'，为什么？"

罗照觉得何皎皎挠在自己身上的每一道都像是挠在他的心上。

"因为你在这个世界上。"乔粟的声音却淡淡地响起来，没有任何起伏，"皎皎，因为你在。"

"骗人！"何皎皎哭得撕心裂肺，却忽略了手上的砖头。砖头不小心落在地上，沿着坡面的屋顶滚落，同时滚落的，还有罗小刀。

何皎皎怔怔地看着，反应不过来，她不是故意的，可是想去抓的时候已经晚了。于是，她放弃了，想跟着一起跳下去，可是这想法刚在脑海里成形，罗照就已经扑过来将她紧紧地抱在怀里，而眼前像风一样越过她身侧的，是乔粟。

"小乔姐！"

何皎皎想去抓，罗照顺势将她往后一带，两人撞上旁边的装饰性柱子,才没有继续滚落。耳边是罗照咬牙闷哼的声音,大概是撞上骨头了。

"皎皎,相信我,她不会有事的。"

"你放开啊!"此时,何皎皎已经听不进任何话,只能嘶吼着,"罗照,你放开啊!你妈都死了!你为什么还在这里?你滚啊!"

罗照手上的力气渐渐松开,难以置信地望着她:"你说什么?"

何皎皎的眼泪已经止不住了,声音却慢慢镇定下来:"刚刚发生车祸的,是你的妈妈……"

另一边,乔粟几乎是用冲的,想拦住罗小刀,好在最后一刻,她抓住了罗小刀身上的绳子,抱住他,可是控制不住自己的惯性,千钧一发之际,她的另一只手胡乱地抓住了什么,可是身子已经吊在了空中,她咬牙,感觉那尖锐的东西正在一点点地刺进自己的手心。

下一刻,那东西断了,她抓不到什么,只能坠落……

可闭上眼睛的一瞬间,一阵拉扯的疼痛从整只右边胳膊传来——有人抓住了她的手。

乔粟睁开眼,季南舟站在窄窄的檐台上,半个身子倾在外面,一只手抓着墙上的一根细绳,一只手紧紧地抓着她,而她的另一只手里还抱着罗小刀。

下一层楼大概三米的距离,有人从窗户探出头来,惊恐地看着他们。

乔粟看着依旧熟睡的罗小刀,抬头对季南舟说:"不管怎样,拉我一下。"

季南舟抓着的是一根极细的绳子，巨大的拉力让绳子几乎勒进他的肉里。他笑了笑："好。"

乔粟咬咬牙，左手握着罗小刀身上的绳子，将罗小刀放开，然后小心翼翼地一点点地放下去，直到窗子那儿，有看热闹的学生将罗小刀接住。

她松了口气，抬头去看紧紧抓着她的人。

季南舟握着绳子的那只手正一点点地渗出血来，顺着掌心流进袖口，绳子几乎要切断他的骨头。

风吹得乔粟摇摇晃晃，她松了口气，心却一直紧揪着："季南舟，你可以放开我了。"

"不放。"

"你是不是想死？"

"说不准。"季南舟几乎要勒断乔粟的手腕，他咬着牙，"是你让我拉你的，乔粟，你让我拉住你，就不是一下子的事，而是一辈子。"

我会拉住你一辈子。乔粟忽然想起什么，眼里闪过一丝光，随后一声苦笑："季南舟。"

"我在。"

下面巨大的充气垫正在一点点膨胀，乔粟没有去期待，她只是看着季南舟的眼睛，语气前所未有的小心翼翼："是你？"

很久以前的那个人，是你？乔粟不知道自己为什么忽然记起来，也许是命运的指引，也许只是临死前的回光返照。

季南舟说："是我。"

乔粟如释重负："已经够了。"

下面人声嘈杂，乔粟能感觉到季南舟手心渗出的汗，手腕从他手心慢慢滑落："季南舟，真的够了，你抓不住我的。"

最后一点要滑开的时候，季南舟松了手，却是松了抓着绳子的那只手："乔粟，抓不住你我就和你一起下去，我们总是要在一起的。"

黑暗袭来的那一刻，乔粟忽然想起很久之前，她问季南舟："你相信一见钟情吗？"

季南舟说："我相信你。"

嗯，谢谢你信我，所以我记起来了，很久以前，我对你一见钟情。

最后一刻，充气垫充满了空气。

乔粟只觉得全身都轻飘飘的，仿佛坠入虚无。她想睁开眼，看看季南舟，可是即使睁开眼，依旧是一片黑。

宋续燃站在人群外，看着这一切。人头攒动，众人唏嘘，没有人会去看他脸上的表情，甚至连他自己都不知道，从他眼底弥漫起的，那种深深的寂寞。

乔粟被接住了，不断下坠的人，只有他一个。

第八章

思念如深海

01

如果可以叫作前缘的话,季南舟曾遇见过乔粟两次。

第一次是他从部队回来,去酒吧执行秘密任务的时候,被一个冲冲撞撞的女孩子拉进了一条巷子。他从来没有见过哪个人用那样绝望而又平静的眼神命令他,救命。

那个时候他想,她应该是自己打不过,否则的话,她不需要任何人帮忙,就会杀了所有人、

那些人身手不差的,毕竟敢在路边撒野,自然是有底气的。

可是季南舟是什么人,在部队里一个人打过二十个,枪林弹雨什么的也只是家常便饭。

他很轻易地从那群人手里救出另外一个女孩儿。将那个受伤的女孩儿交给她后,他看着她们安全离开。

真是个特别的女孩儿。

季南舟笑，他记住她了。

他因此耽误了任务，虽然没有人员伤亡，可回去后还是免不了受处罚。

禁闭间里，老司令问他："怎么回事？"

他不老实，轻描淡写："认错人了。"

"认错人，多大的案子，你会弄错人？！"

一鞭子下来，季南舟疼得一抽，却依旧神色不改，那个时候他心里只想着那个姑娘，没良心的。

他想把她抓过来，可是他连她的名字都不知道。

那一次他被关了十天，饭都是顾承禹偷着送的，所以才没被饿死。顾承禹站在禁闭间门口，不动声色地骂他："活该。"

第二次见到乔粟，是在洑水巷。

也是因为执行任务。

乔粟被围在一群人中间，神色平静地冷眼看着周围的人，她的眼睛里一点儿都没有害怕的情绪，不像个女孩子。

季南舟觉得有趣，靠在旁边的一棵树上。

他看着她是怎么身手矫健地扳倒三个男人，然后一个一个地将他们绑起来。

她蹲在一人旁边，手里握着不知道什么时候拿出来的刀子，若有所思地看着那人的脸，表情认真得仿佛在很努力地思考在他脸上画个什么样的花样才好。

很不错，几年没见果然了不起了。只不过，她绑人的手法太幼稚。

旁边两个人很快地挣开，一眨眼的工夫，他们扑过去将乔粟按在地上，躲过她手里的刀子。

"老大，先奸后杀还是先杀后奸？"

所谓的老大神情猥琐："性子强，玩起来应该很不错，先弄残吧。"

收到命令的人举起刀子，面目狰狞地正准备刺下去，手腕却被捉住。一声清脆的骨音，他觉得自己可能残了，回过头，只看见倒在地上的同伙们，抱成一团缩在地上。

下一刻，他也倒下了，甚至不知道自己经历了什么。

乔粟撑起来，靠坐在墙上。

季南舟朝着她伸出手，可她却只是静静地看着他。

他微微挑眉："看够了，不起来？"

乔粟收回视线，声音格外平静："腿断了，动不了。"

季南舟微微讶异，在她身边蹲下来。

夏天难得的习习凉风里，季南舟的声音像是温柔的长风："哪里？"

"膝盖。"

"抱歉了。"

乔粟没听明白，可下一刻，他修长有力的手隔着薄薄的一层布料覆在她的膝盖上，他用温柔的力道摸了摸，笑起来："脱臼了，没有断。"

乔粟理直气壮："那又怎样？"

季南舟抬眸看了她一眼："应该会有点儿疼。"

乔粟没表情，那一天她穿的应该是七分裤，季南舟温热的手握着她的小腿，她甚至还能感受到他指腹粗粝的薄茧。

乔粟心里一动，季南舟对上她的眼睛："你不怕疼吗？"

这种疼痛，她居然只是微微皱了下眉。

乔粟没有回答他的问题，看了他半天，才问道："你相信一见钟情吗？"

季南舟一愣，笑开："信。"

见乔粟没有反应，他又说："可是，你确定你以前没有见过我？"

乔粟想不起来。

旁边的人哼哼唧唧，季南舟这才意识到他们的存在。

他站起来，乔粟拉住他的手，愣了一下说："等一下。"

季南舟看乔粟。乔粟用命令的语气说道："教我怎么打架。"

季南舟好笑，打架？原来在她眼里，他刚刚是帮她打了一架？怎么听怎么觉得别扭。

他反手握住她，一把将她拉起来："不如先教你怎么把他们绑起来？"

乔粟想了想，觉得不错。

季南舟给了乔粟一根绳子："照着我的样子来。"

于是那一天，洑水巷做尽坏事的几个人觉得这辈子的狗屎都集中在一起被他们踩了，被人秒杀、被人打，然后还要被当作道具一样，让别人来学习怎么捆绑。

夕阳下，乔粟被晒红了脸，额角的碎发贴在皮肤上，她抿着嘴，眼神专注，学着季南舟的每一个动作、每一个手法。

这个样子却在季南舟的脑海里再也抹不去。

乔粟学得很快，顺便还学了几个简单却极具攻击力的格斗技巧。

她拍了拍手，对上季南舟的视线："谢谢。"

"就这样？"

乔粟想了想，不知道还能怎样。

这时，一道奇怪的声音不知道从哪里传过来，让季南舟心中一凛。

糟了。

因为她，他差点儿忘了自己的任务。可他脸上依旧镇定如初地说："算了，以后注意保护自己。"

季南舟说完就离开了，朝着那道声音走去。

任务很不简单，对方的人走私大批枪支弹药，一趟处理下来费了他好大的劲，为此，他还受了点儿伤。

他把后续的事交给顾承禹："这次功劳给你了。"

顾承禹凝眸看了看他胳膊上的伤："我说，你是让我回去替你受罚的？这次你这么胡来，不光功没有，老司令可能又要发疯了。"

季南舟笑："是我的跑不了。"

"那你去哪儿？"

"找个东西。"

"那为什么要找？"

季南舟愣了一下，顾承禹还真是会套话。他拍了拍顾承禹的肩，什么也没说，然后离开了。

季南舟再回到那条巷子时，乔粟就站在路口的灯下，好像是等了很久的样子。

她举着晶亮的圆形徽章，问他："果然，这是很重要的东西？"

季南舟觉得乔粟偷东西的手法不错。

那是他们的生命仪，部队里每个人都有一个，如果人死了，它就会向总部传输信号，然后由总部将他们的编号抹去。所谓编号，就是他们存在于这个世界上的所有痕迹。

所以这个东西必须时刻戴在身上，当作命一样保护。可是他刚刚却冒着回去被老司令鞭打至死的风险，由得她从自己身上偷走这东西。

季南舟笑得轻松："你拿走它，是舍不得让我走？"

"不是。"乔粟注意到他胳膊上的伤，她侧头看着他，"准备再学习一下，可是现在看来你也没有很厉害。"

她没给季南舟说话的机会，转身便走。季南舟笑，跟了上去。

季南舟没想到乔粟会把他带回家，他站在门口，看着屋子里简单整洁的陈设，还有角落里一堆乱糟糟的机械碎片。

他问她："你就这么相信我？"

乔粟瞥了他一眼："那你就站在那里不要动。"

季南舟还真没有进去。

乔粟没一会儿抱着箱子出来，是医药箱。

她递给他，理直气壮："我不会，你自己来。"

季南舟诧异，真是别扭的姑娘。

他简单地处理了一下伤口,在胳膊上缠上绷带,快弄完时看向乔粟说:"打结总会?"

乔粟试了试,系了个蝴蝶结,表情认真而严肃。那一刻,季南舟的心,软得一塌糊涂,他想,怎么会有这么可爱的女孩子?

她问他:"你不是这里人。"

季南舟说:"不是。"

想想也是,她将那枚圆形的东西还给他:"那你迟早要走的。"

"所以呢?"

"所以我没办法一辈子拉住你。"

季南舟忽然想起,初遇的那天,她拉住他的时候手上的温度。他笑了笑:"那可不一定。"

乔粟不解,她抬眸的一瞬间,季南舟的脸被月光照得很亮,有飞机划过天空,那轰鸣的声音伴着他沉沉的笑意。

她听见他说:"小恶魔,下次见?"

乔粟一愣,随即手下用力。

季南舟"嘶"了一声,他下午刚教给她的攻击技巧,居然被用在了自己身上。

他的笑容僵在脸上。

乔粟嘴角嘲讽地笑着把他押出了大门:"再见。"

"下一次不要随便把男人带回家。"

乔粟"嘭"的一声关上门,只剩下对着门、笑得意味深长的季南舟。

季南舟在那里待了一段时间,没任务的时候他就会去见乔粟,在相遇的巷子口的那棵合欢树下教她一点儿东西。

但是，执行任务的最后几天，他却找不到她了。

他有些失落，可回去的那一天，他在直升机上又看到了她。她依旧穿着那条七分裤，站在洑水巷口折磨着那棵可怜兮兮的合欢树。

他不自觉地笑起来，而乔粟也忽然抬头看向天空的直升机。

季南舟确定乔粟应该是看不见他。不过这种仿佛对视般的感觉，却让他心底忽然生出一丝异样的感觉。

顾承禹在旁边笑："看不够？"

季南舟回："看不够……还记得你那天问我，为什么要找吗？"季南舟将目光收回来，"因为，太重要了，想把她时时刻刻带在身边。"

两次相遇，他都记在了骨子里。而乔粟，明明遇见了他三次，可每次都像是一见钟情。

她总是忘了他。

所以在他们重逢的时候，他也总忘了说那句话：

"我好想你。"

02

乔粟醒过来的时候，又在医院。她旁边坐着一个短发女孩子，眼睛很亮，看起来在这里守了很久。

"啊，你醒了！"

乔粟记得她，礼堂里坐在季南舟旁边的那个人。

"哦，我叫夏蝉，被你从山洞里救出来的那个女孩儿。"夏蝉兴致勃勃地介绍自己，而乔粟似乎并不感兴趣，像是没听见这句话似的，问道："季南舟呢？"

……

"季南舟，季南舟。"夏蝉看起来似乎有些失落，兀自嘟哝着，"我还以为你会失忆不记得他了，这样还可以虐一虐季南舟。"

乔粟想了想："虐不到，他应该已经习惯了。"

"对了。"夏蝉想起什么，"何皎皎，现在在医院，很好……"

"罗照，"夏蝉犹豫着，"大概不会再见她了……"

"我知道。"乔粟一开始就想到了，她有些心疼罗照，也有些愧对周老师，毕竟周老师也算是曾经救过她的人。

她看了夏蝉几眼："谢谢你帮我照顾何皎皎。"

"你怎么知道？"夏蝉觉得奇怪，怪不得乔粟醒过来的时候，关于何皎皎的事，她一句也没有问。

乔粟想了想："我闻到了，你身上有何皎皎的味道。既然你现在在我这里，说明她应该比我要好。"

夏蝉看着乔粟走出去的背影，使劲儿闻了闻自己身上，明明什么味道也没有啊。

季南舟在隔壁的病房里，夏蝉说，他摔得比她严重一点儿，骨头断了几根。

乔粟看着安安静静躺在病床上的人，心想，她都没事，他凭什么还不醒过来？

乔粟走过去，提脚想踢他一脚，可转念想了想，还是打算等他醒了再说,她有一些事情想问他。

她在他的床边坐下来,刚刚进来的时候屋里没开灯,只有旁边一盏小小的台灯,散发着暖黄色的光。

她有些无聊地用脚尖蹭着地上的灰尘,仔细看去,才发现是半透明的月光。她抬起头,窗外有白色的月光透进来,照着他半张脸,睫毛在眼睑下方打下一道阴影,坚挺的鼻梁勾勒出分明的轮廓,一面暗,一面亮,然后是紧闭的薄唇,泛着不正常的白。

乔粟撑着下巴看着他,原来他比她以为的要好看很多。

像是神的指引般,乔粟莫名其妙地伸出手,想顺着明暗交错的阴影画出他的轮廓,可是下一刻,她的手腕被人捉住了。

季南舟不徐不疾地睁开眼睛:"看够了,想摸一摸?"

乔粟理所当然:"不可以?"

"可以,就是怕我忍不住。"

乔粟忽然不说话了。

季南舟的眼睛,在月光下格外亮。乔粟看着他道:"季南舟。"

"嗯?"

季南舟撑着手坐起来,抬眼看过来。

"你是不是喜欢我?"

平淡的语气却问出让人完全没有办法忽视的一段话,季南舟顿了一秒,随即笑了一声:"亲都亲了,问这个有意思?"

乔粟有时候脸皮也挺厚的,丝毫不觉得那天在车上亲了季南舟有什么不对,回道:"那个只是奖励。"

季南舟好笑:"你都是这么奖励人的?"

"不是,"乔粟说得很认真,"你运气好,只有你。"

"那正好,"季南舟俯身过来,声音忽然变得有些低,"我刚刚又救了你一次。"

"你想……"话没说完,乔粟只觉得唇上一软,季南舟吻住了她。简单温柔的触碰,却随风潜入身体里的每一个角落。

他退开了点儿距离,坏笑:"对,想要奖励。"

乔粟看着他深邃的目光,又问了一遍:"季南舟,你是不是喜欢我?"

"是。"

乔粟沉默了两秒,说:"哦。"

"所以呢?"

"没什么……就是刚好,我也挺喜欢你的。"

乔粟说完这句话,松了口气。就好像一直在奔跑的她,终于看到了终点,那里又恰好有人在等。

有时候,"如释重负"真的是一个太美好的词。

医院的吸烟区,宋续燃靠在冰冷的墙壁上,手上烟雾缭绕,灭烟箱上已经堆满了烟蒂。

他旁边的凳子上,放着一个蓝色的保温盒,似乎已经放很久了。

宋青和走过来,停在他面前。

"来多久了?"

"刚来。"宋续燃的声音听起来有些沙哑。

宋青和心里一拧,问道:"不进去?"

"不了。"宋续燃直起身子,顺手拿上保温盒准备离开,"她应该已经休息了。"

病房里透出暖黄色的灯光,宋青和叫住他:"宋续燃。"

前面的人步子缓下来。

"她知道你在帮她找家人吗?"

"她知道你这个从来不做饭的人,花了整整七个小时为她熬了这一碗汤吗?"宋青和有些咄咄逼人,"她知道她治病的那段时间,你在她身边受了多少伤吗?"

宋续燃停下来,微微侧过头:"宋青和,那是我的事。"

言下之意,就是你不要管。

宋青和微微一愣,眼底的落寞,宋续燃大概永远也看不见。她笑了笑:"宋续燃,我只是觉得,太不值得了。"

她抬头叹着气,仿佛呓语般,声音轻轻的:"你这辈子,没有为自己活过,而乔粟,她什么都不知道……哪怕你死了,她可能也不知道,你的命是她亲手扔掉的。"

这些话,宋续燃有没有听到她已经不知道了。

她只是看着他,看着他的身影消失在走廊尽头,像是忽然之间崩坏的沙丘,混入沙里,再也找不到存在的痕迹。

宋续燃按下电梯,"叮"的一声,出来一个女孩子,穿着咖啡店的工作服,莽莽撞撞地冲出来,不小心撞翻他手里的东西。

保温桶摔在地上,里面的汤洒了一地。

女孩子慌忙道歉:"对不起,对不起,我不是故意的。"

"没事。"

宋续燃注意到她额角的胎记,暗红色的一大块,像是一只鸟。

女孩子有些仓皇地拨了拨刘海儿,似乎很急的样子,低着头绕过宋续燃朝着另一边跑去了。

缭绕的热气从地上冒起来,宋续燃眯了眯眼睛,看着地上的残秽,转头走进电梯。

小姑娘一路跑进了宋青和的办公室,宋青和接过小姑娘手里的咖啡,问道:"你们老板呢?"

小姑娘娘怯生生地道:"老板……在等你去参加周医生的葬礼。"

宋青和点点头,有些疲惫:"让他再等我一小时。"她站起来,朝着病房区走去,她可能只能帮宋续燃这最后一次了。

乔粟不知道什么时候趴在季南舟的腿上睡着了,季南舟有些无奈,掀开被子从床上下来,小心翼翼地抱起她。

他刚准备将她放床上,她却在他怀里翻了个身,好巧不巧,手肘捅在他断了的骨头上。

季南舟吃痛地咬牙,看着怀里的人分外乖巧的样子,他还是头一次看见睡觉也这么不老实的人。

他疼得不轻,偏偏始作俑者还浑然不知,她咂了咂嘴,樱红的唇在月光下泛着一点白,还能看见脸上细细的绒毛,仿佛是被镀上的一层光。

他觉得自己应该惩罚一下她。

下一秒，季南舟贴了贴她的唇，柔软芳香。

乔粟对他来说真的是太危险了，危险到忍不住想要更多。

季南舟缓了缓气息，给她把被子盖上，然后站起身来看向门外。而宋青和已经在外面等了很久了。

季南舟出来的时候，她有一瞬间的恍然，大概是太累了，她揉了揉眼角，问："季南舟？"

"是。"

"你和乔粟是什么关系？"

季南舟想了想："就是你最不想看到的那种关系。"

宋青和的话被堵了回去，她饶有意味地看向季南舟："那你知道她和宋续燃的关系吗？"

没等季南舟开口，宋青和抢先道："她迟早是要嫁进宋家的。"

季南舟却不慌不忙："如果不呢？"

宋青和胸有成竹："她欠了我们宋家那么多，要是跟你在一起，那该是多没良心的女人。"

"你凭什么觉得她欠你家的？"

"嚆！"宋青和一声冷笑，"她十八岁那年遇到的宋续燃，那个时候她在酒吧打工，差点儿被人强奸，神志不清，是宋续燃救了她。她连住的地方都没有，卖掉了洑水巷的房子也吃不起饭，还有，何皎皎高昂的学费要付。于是，宋续燃明里给她找到兼职，暗里给她买回房子、资助何皎皎，甚至她后来的工作都是宋续燃一手安排的。"

季南舟靠在墙上点了根烟，缭绕的白雾显得他的轮廓有些模糊。

宋青和顿了顿，接着说道："大二那年，她得罪了一些人，那些人为了报复她,残害了她的同学。她受不了刺激,疯了一段时间,每天拿刀子砍自己。宋续燃拦住她,她就砍到了宋续燃身上,逢人就咬,神神道道了很长一段时间,身上没一块好地方,宋续燃也是遍体鳞伤,三个多月没睡过好觉。"

季南舟将烟蒂按在灭烟箱里,宋青和低着头继续说:"宋续燃虽然是飞行员,但他本来是要做心理医生的,那个时候国外很知名的教授找到他,很难得的机会,他就因为这事放弃了。后来乔粟虽然好了起来,却有些后遗症,间歇性失忆。她把生病的那些事全忘了,宋续燃也只是笑笑,不准任何人提起。"

季南舟直起身子,离开冰冷的墙壁,身子终于有些回暖。他开口说道:"她欠你们的钱,我来还;她欠你们的命,是我不在她身边,我的错,我来担。"

"至于宋续燃陪了她七年,"季南舟眸光深邃,"我会陪她以后的七十年。"

宋青和苦笑:"你不过是一个警察而已,觉得我会信你那一句话?"

季南舟没有多说下去,走的时候递给她一张卡:"你信不信没有什么关系,这里有一笔钱,算是医药费。"

宋青和接过来,季南舟却没有再给她开口的机会。

03

何皎皎不肯住院,医生也没说什么,特许她回家。

那一天发生的事好像是被她从记忆里剔除了一样。只是她站在自己家门口的时候,会下意识地看向罗照那边,隐约觉得罗照应该不会再来了。

乔粟打开门,何皎皎乖乖地进去,像是一个傀儡般坐在画板前,废寝忘食地画画。

乔粟不知道她画的是什么,问她:"你喜欢罗照?"

何皎皎不说话,乔粟笑了一声:"恨他还是喜欢他,你也说不清楚吧,就跟你对我的感觉一样。"

乔粟看着何皎皎。一直披在肩上的头发被她扎了起来,露出白净的脸,像是听不见外面的声音一样,她的世界里,只有眼前的那一幅画。

过了很久,乔粟准备走的时候,何皎皎却说话了:"小乔姐。"

"你说。"

"我不喜欢你,也不喜欢罗照。只是以前恨你们,现在不恨了而已。"

"嗯,好。"乔粟面无表情地走出房间,关门的时候回过头,"这房子是宋续燃帮你找的,过两天我们把它退了,你自己……"

"嗯。"何皎皎应道,"过两天我就去日本了。"

乔粟出门就看见了在门口不知道站了多久的罗照。

罗照抬眼,目光中有一丝仓皇:"好巧。"

乔粟看着他,才一周而已,那个在舞台上拿着吉他唱着歌满是少年气的男人,现在却满眼红色的血丝,胡楂都没刮。

她说:"何皎皎大概不久后就会搬走。"

罗照扯了扯嘴角:"好巧,我也是。"

乔粟点点头,没再说什么,往前进了电梯。

她按了一层，失重的感觉从心底开始蔓延。其实也没什么，至少她从何皎皎眼里看到了可以活下去的力量。

只不过是自己又一次被抛弃了而已，乔粟一直没有来得及告诉何皎皎，尽管小时候总是想踢她，可是这么多年，自己还是挺喜欢她的。

她乔粟虽性格冷漠，却很珍惜出现在身边的每一个人。只不过他们没一个有好下场，所以从始至终，不如自己一个人。

罗照久久地看着那扇门，夏蝉从他的屋子里出来，上下看了他一眼，有些不确定："罗照？"

罗照吓了一跳："你怎么在这里？"随即反应过来，"季南舟呢？"

"下去买东西了，过会儿就回来。"

罗照没再问什么，进了屋子，夏蝉缠上来："你妈妈……"

"就那样了，反正活着也没见过几次。"罗照倒在沙发上，疲惫地揉着眼角。

夏蝉耸耸肩："看来你比我想的要好多了，我和季南舟还以为你会想不开，都在这里等好几天了。"

"放屁。"罗照嘀咕着。

"什么？"

"我不觉得季南舟是在等我。"

夏蝉坐到他身边，语重心长："你怎么能怀疑你们俩之间的感情呢？他最近为了那件案子可是焦头烂额。"

"是吗？"罗照目光示意夏蝉阳台那边。

夏蝉狐疑地跑过去，看了一眼，瞬间沉默了。

罗照笑:"怎么了,不说话?"

"那又怎么样,季南舟就不可以谈恋爱了?"

谈恋爱?这三个字还真的挺不适合季南舟的,罗照忽然想起来什么,问:"夏蝉,你喜欢季南舟多久了?"

夏蝉想了想:"很久。"

"他喜欢你吗?"

"肯定不是喜欢乔粟的那种喜欢,"她回过头,脸上看不见一点儿失落的表情,"是叫乔粟吧?乔粟、季南舟,每个字大概都是轴对称,所以你看,他们多么般配。"

罗照苦笑:"你不难过?"

"不难过,季南舟好我就好。"

"是吗?"

"是!"夏蝉分外笃定,"所以现在对你来说,何皎皎能活着你就很开心了吧?"

被说中了。

罗照靠在沙发上:"我才刚刚开始喜欢她而已,就已经看不见这条路的尽头了。"

夏蝉不喜欢这样的煽情,搬了两箱酒出来:"失恋这种事,就要用男人的方式解决!"

罗照笑了声:"夏蝉,其实我有时候蛮羡慕你的。喜欢一个人,可以变得这么开心。"

"那是。"夏蝉的语气有些小得意,"因为我喜欢的那个人,他是全世界最好的人呀。我虽然不能站在他身边,但是可以站在他身后。

他偶尔回头对我笑一笑，我就很满足了。"

"好了，可以住嘴了。"

夏蝉酒量并不怎么好，没多久就醉了。罗照这个时候才能从她嘴里撬出话来，他问："季南舟为什么总住我这儿？"

"他把城南的别墅卖了。"夏蝉醉醺醺的。

"为什么？他缺钱？"

"花了三千万让宋家的人闭嘴。"

"三千万？他是不是疯了？"罗照跳起来。

夏蝉分外鄙夷："不然呢，喜欢一个人不给她花钱，难道用爱发电啊？况且你这房子也是他的……"

"闭嘴。"

罗照打晕了夏蝉，可是才记起来自己有件事忘了跟她说，索性拿出手机群发了条短信："我过几天就去日本了。"

楼下，季南舟开着车跟了乔粟一路。

一直到她站在一个酒吧门口。季南舟微微讶异，没想到乔粟还会有这样放纵的时候。他拿出手机，看见了罗照的短信，直接给拨了回去："想清楚了？"

罗照晕了一下："不然呢，做了那么多，总不能半途而废。"

季南舟笑笑："帮我联系一下你们宝林路这个酒吧。"

"你和乔粟去酒吧了？"罗照问。季南舟的视线一直放在乔粟身上，看她犹豫了再犹豫，还是走了进去。

"让人先看着她点儿。"

罗照闷闷应了声，随即又想起什么："季南舟，你挚友马上要出国了，你就这个态度？不挽留一下我，抒发一下不舍之情？"

"你每次出国的时候……"罗照想了想，季南舟每次出国的时候，他根本不知道。

"不回来了？"

"回。"罗照分外没有底气，忽然又想到什么，"季南舟，乔粟是不是跟宋续燃挺熟的？"

"怎么了？"

"没什么，没想到宋续燃以前也学过心理学，我看了我妈生前的一份研究报告，上面有他的名字。"

季南舟想起宋青和的话，这也并不奇怪，毕竟宋家家大业大，培养出的都是人才。

"所以你要加油啊！"罗照叹了口气，想起夏蝉刚才的话，"虽然性格差了点儿，不过人还是挺漂亮的。最重要的是，你俩轴对称，特别配。"

季南舟挂了电话，隔着屏幕都能闻到酒精味。

04

乔粟很久都没有来过酒吧了，当初来这里赚钱，还是何桉托人给她找的。

她冷眼看着周围纸醉金迷的人，想了想，都是出来排忧解难的，自己现在看起来应该跟他们差不多。

穿着马甲的酒保迎上来，有些奇怪地看了她一眼，却还是恭恭敬敬地叫了声乔小姐。乔粟没有理他，大概根本没有听见酒保的招呼，所以也没有意识到什么，径直找了个角落的位置。

她以为已经够低调了，却还是有满嘴酒气的人围上来："美女，一个人买醉啊？"

乔粟晃着手里的杯子。对方手脚不干净的缠上来，却被乔粟扣住手腕。

她反手将那人推进人群里，那人立马就怒了，醉醺醺地立马要反扑过来："小娘们倔得很哪，信不信老子弄死你！"

"不信。"乔粟冷冷地吐出两个字。

那人拿着酒瓶子就要冲过来，却被人捏住了手腕。

"啊啊啊，断了断了！"

他抱着手在地上滚来滚去，被人抬了出去。

周围看热闹的人散了，又投身到震耳欲聋的音乐之中，好像什么都没有发生过。

季南舟在乔粟身边坐下来，朝着酒保递了个眼神，对乔粟说道："喝醉了？"

乔粟摇头："没醉。"说着又灌进去一杯酒。

季南舟捉住她的手："没醉就开始撒酒疯了，醉了岂不是要拆了这里？"

"那不如试试？"

乔粟想要站起来，可是摇摇晃晃的，瞬间就软了下去。

季南舟长臂一伸，将她抱在怀里，低沉的声音响在她耳边："你知道你现在有多危险？"

"无所谓,反正你在这里。"

"要是我不在这里呢?"

乔粟笑笑,醉的时候眼睛看起来格外亮:"你不在我怎么遇见你?"

季南舟好笑:"你说得对,我们每一次相遇,都是命中注定的。"

季南舟的笑脸在眼前晃啊晃,晃进了乔粟心里,她说:"季南舟,你完了,我一有事你就会出现,你已经没办法再扔下我了……"

"那你还挺聪明的,不过,有一点你说错了。"

"什么?"

"是你这辈子都没办法再抛弃我了。"他附在她耳边,轻轻地说,"两次是极限。"

乔粟笑起来:"你还真记仇。"

"谢谢。"

"不客气。"

季南舟这才注意到她手上有些红肿,他拧着好看的眉头,问:"他伤到你了?"

乔粟压根儿没注意,一边欣赏季南舟的美色,一边反问:"伤到了的话,你会怎样?"

季南舟问酒保要了冰块,握住她的手,放在上面轻轻地敷,漫不经心的语调:"还能怎样,又杀不了人,只能弄残他了。"

乔粟又笑了,她笑起来,像是变了个人,而他又看到了乔粟这么可爱的一面。他任由乔粟靠在自己的怀里,其实她也不过是一个普通的女孩子而已。

到家的时候，季南舟好不容易将乔粟从车上拉下来，她却赖着不走了。

季南舟回过头去看她。乔粟站在月光下，朝着他伸手，有些调皮地命令："季南舟，你要不要考虑背我回去？"

初春的风湿漉漉的，像是吹在了季南舟的心上，他问："有什么奖励吗？"

乔粟侧头，狡黠一笑："你猜。"

季南舟无奈地弯腰，乔粟跳到他的背上，感觉身体所有的温度都来自于两人紧紧挨在一起的地方。她趴在他的肩膀上，声音沉沉的好像下一秒就会睡过去。她说："季南舟。"

"嗯？"

"我以前看见别人这个样子走在路上，会想过去踢他们一脚。"她在季南舟的背上偷偷地笑，"我一个人，也见不得别人两个人。"

"那现在呢？"季南舟问。

"现在……"乔粟顿了一下，语气悠长，"季南舟，你真是一个危险的人……现在我变得一点儿都不像我了……"

"谢谢夸奖。"

"不客气。"乔粟将季南舟搂紧了点儿，声音越来越弱，"以前吃的都是白水煮面，看见别人吃一顿有菜有肉的面条会想过去夺过来泼在他头上。可是现在自己吃到了，就再也不想去吃白水煮面了……"

"你这是什么比喻？"季南舟哭笑不得，可是乔粟大概已经睡着了，只剩下扑打在耳边均匀的呼吸，他还没来得及假装问一句——你住哪儿？

季南舟也不是什么老实人，他回来后就查清了乔粟的住处，背着她慢悠悠地上了五楼。

他站在门口，晃了晃肩上的人："钥匙呢？"

乔粟含混不清地说道："口袋里……"

温软的香味伴着酒香扑过来，季南舟在乔粟身上找钥匙的手不自觉地停了下来，好像摸到了什么不该摸的……

"季南舟。"耳边传来乔粟冷冷的声音。

季南舟立马松手，试图收回自己嘴角的笑意："苍天做证，我不是故意的。"

话毕，背后又没了声息。

他无奈，撬了罗照家那么多次门，乔粟家也不过如此。

三两下撬了锁，季南舟走进去，将乔粟扔在沙发上，尚不自知的人翻了个身，依旧神志不清。

季南舟看着她，进来的时候没有开灯，整个屋子只有窗外挤进来的月光，照着地面的一架飞机模型。

好像是用纸做的，还原了飞机的每一个细节，精确到发动机、操纵盘，甚至是客舱的每一个座位，只不过才做了五分之三。如果没记错的话，那一年在洪水巷，季南舟就看见过这个模型的雏形。

他准备站起来，却被乔粟拉住了手腕："季南舟。"

季南舟笑笑，蹲下来："我在。"

"一直在吗？"

"一直在。"

嗯,乔粟依旧握着他的手,另一只手却攀上他的后颈,唇瓣相碰,眼睛里有迷离的光。她退开一点儿,说:"刚刚的奖励。"

"不对。"

"嗯?"

没有问出来的疑惑被堵在唇上,这一次是季南舟,轻轻地吻住她,继续刚刚的温柔触碰,只是辗转缠绵之间,却越来越悱恻。

乔粟不知道季南舟是怎么忽然挤到沙发上的,他的唇依旧停留在她唇上,可是她已经有些喘不上气了。

"季南舟……"

"嗯。"性感而沙哑的声音,季南舟的手顺着乔粟毛衣的下摆伸进去,腰上滑腻的感觉瞬间在指尖漫开。

而乔粟只能感觉到他指腹粗粝的薄茧,缓缓向上,却做不出任何反应。

"季南舟!"直到最后一道防线即将被突破,乔粟才忽然清醒过来,她直直地看着季南舟的眼睛,"你住手!"

季南舟停下来,眼睛黑得仿佛能把人吸进去,他忍不住又吻了吻她的唇,才说道:"乔粟,过了这么久,我也膨胀了,所以对于现在的我来说,这才叫奖励,知道吗?"

"起来。"乔粟很努力地压住心里的悸动。

季南舟坐起来。

乔粟一时之间没好气:"我饿了。"

季南舟意味深长地看了眼乔粟,站起身来:"那你可能得等等。"

"不。"

"没办法,我现在需要平静一下。"

乔粟看着季南舟走到阳台的背影,低着头,有些想笑。这么多年,她终于有地方可以歇一歇了,现在她又一无所有了。所以季南舟,请你在我身边,长命百岁。

第九章

风暖寒将暮

01

Akira 机场 T3 航站楼的飞机零件车间,上千平方米的地方,放了三十多个货架,乔粟将对应的轴承放进各自的凹槽里。

她收拾好,正填着记录表,二楼的栏杆处有人叫她:"乔粟。"

乔粟抬起头,上面的声音继续喊道:"你过来一下,有人找。"

她想了一下,顺手拿了个千斤顶。

乔粟被带到了一间小型会议室,她站在门口,看着红棕色的木门,嘴角忽然扬起一个狡黠的笑,然后将千斤顶侧装在门上,拍了拍手,准备敲门。

"乔粟?"

背后响起一道陌生的男声。乔粟回过头,四十几岁的男人,成熟稳重,气质凌厉。样子看起来有些熟悉,却记不起来。

男人看着门上的装备,笑了一声:"看来我应该在里面。"

乔粟疑惑："是你找我？"

"是。"

乔粟没说话，脸上却是很明显的失望。她将手插进口袋，有些冷漠："我不认识你。"

男人有些诧异，自我介绍的语气有隐隐的压抑："我是宋之行，宋……宋续燃的二叔。"

宋续燃的二叔，乔粟才记起来宋青和跟自己说过，宋家二叔是她公司的老板。

"原来是老板。"

宋之行哭笑不得："真是……特别的姑娘，怪不得宋续燃心心念念非你不可。"

乔粟皱了皱眉。

宋之行也不急："你应该知道我是来找你做什么的。"

宋家的人一个接着一个来，她不知道也该知道了。

乔粟冷眼："不去。"

"乔粟，你可能不知道，宋续燃为了你付出了多大的代价，所以不管怎样，我还是希望你能跟他回家一趟，那个时候你再做决定也不迟。"

"那宋续燃可能没有告诉你，我不轻易做决定，做完决定从来不改。"

宋之行大概没见过像乔粟这么难以沟通的人。

乔粟也不想再与他耗下去，看着对面某一个方向："我的决定，在宋续燃之前就做好了，改不了。"

"季南舟？"

乔粟迈开的步子停下来。

宋之行笑了一声："果然是季南舟，"

他绕到乔粟面前："你知道，季南舟给了宋家一笔钱，意思大概是想花钱把你买过去。"

乔粟低着头不说话，宋之行更来兴致了："把你当作商品交易的男人，真的值得？"

"宋先生，"乔粟张了张嘴，"你也不年轻了，就没有想过，他给你们钱只是为了打发你，满足你们市侩的心？"

"你什么意思？"

"我跟你们宋家没有任何关系，那些钱只是为了堵住你们的嘴。不过看来，你们比我想的胃口还要大。"

宋之行站在原地，饶有意味地看着乔粟离开的背影，脸上的笑随即变得狰狞。

而乔粟前脚刚走，宋之行就去航空部找了宋续燃。宋续燃站在落地窗前，不知道在看些什么。

"宋续燃。"

"二叔。"

"有些东西想让你知道。"宋之行并没有打算遮掩什么，他将手机放在桌子上，按下屏幕上的播放键，乔粟的声音在空荡的房间里显得格外清晰。

"我的决定，在宋续燃之前就做好了，改不了。"

忽然而至的寂静，令人窒息。

宋之行开口："宋续燃，我希望你能看清现实。"

现实？宋续燃笑，玩弄着手里的两块石子："二叔，我觉得她有一句话说得没错。"他绕到宋之行的面前，说话的声音像是浸了冰块一样，"你年纪也不小了，何必用这些小孩子的把戏。"

宋之行脸上的笑有一瞬间的僵硬，又恢复如常："宋续燃，有些事我忘不了，想必你也忘不了。"

宋续燃拿起桌子上的手机，细细地打量着："我只记得我说过不要打扰她。不管是你还是别人，只要是宋家的人，我不想再看到第二次。"

手机被宋续燃捏碎。

宋之行往后退了一步，他不得不承认，宋续燃这个人太让人难以捉摸，不过……

宋之行阴森地笑起来："宋家的人？哦，我记起来了，你不是宋家的人。"他故意拉长了声音，"真正的宋续燃，在五岁那年就被调包了，你只不过是一个冒牌货。"

"是吗？"宋续燃脸上丝毫没有宋之行所期待的慌乱，反而笑了起来，"那也比你家儿子，英年早逝要好。"

宋续燃特地在"英年早逝"这几个字上加重了语气，宋之行气得说不出话来，摔门而出，眼底的恨意却越来越浓。

当年，宋之行的儿子一时贪玩，碰了乔粟，却被人打断了腿，后来失足落入湖里。

即使所有人都不知道，他也能确定，一定是宋续燃！除了宋续燃没有别人!

宋续燃可以为了一个女人不顾手足之情,他也不会让宋续燃好过,于是一直调查着宋续燃,却查出现在的宋续燃根本就不是真正的宋续燃!

宋续燃只不过是一个冒牌货,还害死了他的儿子,这个仇,他一定要报。

乔粟从机场出来,准备去停车场,可是一眼就看见了马路对面的车子。

她在原地站了一会儿,然后不慌不忙地过马路,走过去。车子里没人。

乔粟绕到车子的后轮处,闲着没事一脚一脚地踢着轮胎,不是怕踢坏了车赔不起,只是别的地方踢起来脚疼。

"好玩吗?"

"声音听起来很不错。"

她停下来,抬起头看着对面的季南舟,不知道是不是以前注意得太少,总觉得自从坦白喜欢他之后,每次看他都比之前要好看一点儿。

"你可以来试试。"

季南舟绕到她那边:"我以为照你的手法会把轮胎给卸了。"

"脏手。"

季南舟笑,打开车门:"上来坐坐。"

乔粟毫不客气。关上车门,飞机场里嘈杂的声音一瞬间被隔绝在外面,乔粟问他:"你为什么来这里?"

"找你。"

"哼,"乔粟冷笑,"不信。"

季南舟发动车子:"不然你会去我那里?"

"不会。"

虽然乔粟一向态度差,但是季南舟觉得她今天的反骨格外突出。

车子驶离停车场,乔粟终于忍不住,问他:"你那个时候为什么不出来?"

宋续燃的二叔来找她的时候,她看见了对面走廊上的季南舟,靠在栏杆上,好整以暇地看着她。

果然被她看见了,不过他倒是没想到她会因为这个生气。

季南舟打着方向盘,心情忽然变得很好:"你都没有给我出场的机会啊。"

"你给了宋家多少钱?"

"他告诉你了?"季南舟从后视镜里看了她一眼,但并没有从她眼里看出什么。

"心疼钱。"

季南舟笑起来:"我觉得夏蝉有一句话说得很有道理。"

"嗯?"乔粟皱着眉,露出不解的表情。

季南舟难得在乔粟脸上看到这样的微表情,心里一动,问她:"比起这个,你知道我现在特别想做一件什么事。"

"我拒绝。"乔粟靠在座位上,整个身体一起抗议,"我饿了。"

季南舟妥协:"我觉得你还是喝醉了比较可爱。"

说起这个,乔粟很努力地皱着眉,尽量让自己看起来没有那么没出息:"那真遗憾,这辈子没几次能让你觉得可爱了。"

"没事。"季南舟说得大度,"你现在别扭的样子也挺可爱的。"

机场大楼里,宋续燃站在玻璃窗前,看着那辆车消失在路的尽头。

他的眼里自始至终都找不到焦距,心像是死了一样。他低着头自嘲般地笑了一声:"乔粟,为什么我好像总是慢了那么一步?"

从开始遇见你,到现在抓住你。

是我走慢了吗?还是你从来都没有看见身边的我?

宋续燃不明白,也不用明白了。

手里的电话忽然振动起来,屏幕上出现一行字:

宋先生,人找到了。

找到的是乔粟的亲生母亲。

02

季南舟本来要带乔粟去吃饭的,路上却接到了局里的电话。

乔粟问他:"有案子?"

季南舟点了点头。刚准备开口,乔粟抢话:"我不饿了。"像乔粟这样总能将一件简单的事情绕一个圈说出来的人,也难为季南舟能听懂她的意思。

他看了她一眼,慢下去的车速又提起来。

"还记得周晚那件案子吗?"季南舟问。

乔粟恍惚了一下,点头:"记得。"

季南舟有些不放心地看了她一眼,接着说道:"那不是车祸。她是被冻死的,密封在车厢内,身体上有大面积的冻伤痕迹。"

"看出来了。"乔粟说了句,那一天在学校她也看见了。

她生前是多么美丽而又清高的一个人,一定不会允许自己这种死法吧。

"开学典礼最开始她还在台上发言,从她下台到死亡,算起来也不过是三个半小时的时间,有人将她浸在液态氮里。"

乔粟缓了两秒,问他:"所以刚才电话里的那个案子呢,又是一样的手法?"

"嗯。"

"又是……我认识的人?"

"……不是。"

乔粟松了口气,忽然又觉得有些不对劲,好像,没有那么麻木了,原来自己还是会恐惧的。

一直以来的冷漠只是自我麻痹,她其实比谁都害怕,又比谁都必须坚强。

她侧过头看向旁边的季南舟,没有说出口的话在心里来来去去,最终还是忍不住:"季南舟,怪你。"

"嗯?"

"你以后可能得管我一辈子了。"

"好。"

车子停在青和医院附近。

咖啡店前面挤满了人,还有一些警察,试图疏散围观的群众。季南舟带着乔粟走进去。

夏蝉看见他们，从层层人群中跑过来："季南舟！"转而又看向乔粟，"你也来啦。"

"死者是谁？"季南舟问。

"咖啡店的一个小店员，发现的时候被关在冷库里，法医检验得出的死因是冷冻致死，三小时前，现场有大量冰盐。尸体右手小指从第二个关节就没了。"

一模一样，上次，周晚是右手无名指。季南舟皱起眉头，

"季南舟。"乔粟叫住准备走进去的人，"这里的老板，叫沈江维，他和周晚医生应该是情侣。"

"查他。"

夏蝉白了他一眼："你为什么每次都能使唤得我这么带劲？"

夏蝉虽然抱怨着，可还是乖乖进去了，没过几分钟，她又出来："店员说老板出去了。"

乔粟隐隐觉得不对："和……谁？"

"说是一个医生。"夏蝉不解地看向她。

乔粟如同被浇了一盆凉水，紧紧抓着季南舟的袖子，过了好久，她说："季南舟，是宋青和。"

季南舟心里一顿："你说的是宋续燃的堂姐，宋青和？"

"对。"

乔粟辗转了很多遍才找到宋续燃的电话，可那边一直处于无法接听的状态。

"是不是有航班？"季南舟正在开车，试图让她冷静一点儿。

"没有。"乔粟摇头，又强调了一遍，"没有的。"

"不要急，夏蝉那边会联系到的。"

乔粟点头，看着窗外渐渐消失的白昼，转眼，已经是万家灯火。

车子驶进一条狭长的小巷，直到车没有办法往里走了，乔粟才跟着季南舟从车上下来。

"害怕吗？"季南舟拉着她的手。

乔粟将另一只手放在口袋里，有些木讷地摇头："不怕。"

巷子越来越深，拐了几个弯，前面已经没有路了。乔粟停了几秒，看着对面一堵高高的墙，大概三米的样子，她说："季南舟，应该就是这里了。"

季南舟看着她。夏蝉查到沈江维的住处就是附近，可是因为地方太偏，记录的只有大概方位，他们完全是凭着乔粟的嗅觉找到这里的。浓郁的咖啡香味，在这个阴暗潮湿的地方有些格格不入，也因此容易捕捉。

季南舟看着身后一片黑暗，还有墙那边不知道是什么的未知。

他说："乔粟，还记得你说过什么？"

乔粟摇头，不知道他说的是哪一句。

"在病房里，你问我的话。"季南舟借着被云遮住大部分的月光，想看清她的脸，"记住，你已经是我的人了，所以，替我保护好自己。"

乔粟笑："季南舟，只不过是一堵墙而已。"她侧着头，"我先过去，你在后面。"

季南舟想拒绝，想带她回去，他不知道现在自己心里的不安从何而来。可是乔粟从来都不是愿意老老实实跟他走的人,他最终点了头。

"我在那边等你。"乔粟说完,借着季南舟的力将自己往上送了点儿,顺利地攀上墙壁,石灰簌簌地往下掉着,她完全靠着臂力将自己撑起来,然后跃过墙壁,顺利着地。

可是下一刻,她看着眼前的光,还有光里的人愣住了。

"乔粟。"季南舟的声音在那边响起来。乔粟张了张嘴,发不出声音,她踉跄着从地上爬起来。

季南舟又喊了声:"乔粟。"

三秒之后,他才听见乔粟的声音,缥缈得有些不真实。

"季南舟,我看见了一个人。"

"乔粟,不要动,"季南舟试图稳住她,"等我过来。"

他在墙壁上找到微微凸起的点,刚准备翻过去,身后忽然围过来一群人,混乱的脚步声拥上来。

季南舟犹豫了片刻,停下手里的动作,慢慢转过身。他看不清他们的样子,只有黑压压的一片,还有手上反着皎白月光的利刃。

"季南舟?"为首的人声音很哑,"乔粟在哪儿?"

太简单地表露自己的意图了,季南舟嘴角漫开一丝嘲讽的笑:"如果我不说呢?"

事实上,他并不知道眼前的人是谁,也不知道他们是谁派过来的,可是既然这人对自己的目的毫不掩饰,那么也聪明不到哪里去。

果然,他们甚至比季南舟想的还要简单点儿。

季南舟努力听着乔粟那边的声音,试图分辨什么,嘴上却顾着这边:"你们确定真的不需要同时抓住我?漏了可就不好了。"

"宋先生并不希望针对你,所以你还是老实点儿。"

"宋先生?"季南舟嘴角玩味地吐字,却让空气瞬间冷凝下来,陷入无言的对峙。

季南舟拿起手机,将信号发送出去。那群人疯狂地冲上来,拿着刀乱砍。

季南舟受过特殊训练,自然是不怕这群人的。

黑暗中,不断有刀子落地的声音,也有刀刃刺入血肉的声音。

季南舟只觉得手上湿腻得厉害。

不知道过了多久,他喘着气,听到远处有人渐渐走近的声音。

"季南舟。"

灯光照过来,夏蝉看见的就是满地抱头的人,还有站在最后面的,那个浑身是血的男人。

她心跳仿佛在那一瞬间停止了:"季南舟!"

她飞快地冲过去。

季南舟朝她笑了笑:"我没事。"

"可是你受伤了啊!"夏蝉的声音里带着些哭腔,而下一刻,他已经矫健地攀上墙,一跃而过。

身后是那些苟延残喘的人,还有紧跟而来的警察。

夏蝉站在原地,看着季南舟消失的方向久久不能回神。

她有些想顾承禹,想问问他,为什么季南舟看见的永远都不是她?

03

乔粟从二楼的阳台翻进来，看见的就是这样的场景。

亮着灯的房子里，冰冷僵硬着身体的宋青和端正地坐在与阳台连接的落地窗前。

所以乔粟刚好能看见她的脸，惨白得毫无血色，睫毛上还有些冰蓝色的结晶，很明显，她已经死了。

和周晚一样，被冰冻致死。

而屋子里在桌前正襟危坐的人，是沈江维。乔粟不记得他的脸，可是记得这种味道，浓郁的咖啡香味。

他正一脸平静地磨着咖啡豆，脸上有温柔的笑意，清脆的声音从手里的磨豆机里传出来，然后有细白的粉末落下来。

乔粟站在阳台的黑暗之中，透过落地玻璃窗，看到一个女人走向沈江维。女人着驼色的长大衣，头发绾成一个髻，嘴角微微上扬，露出浅浅的酒窝，目光缱绻万分。

那样子，和照片上的一模一样，甚至都看不出苍老的痕迹。她想，当时她会亲近周晚，大概也是这个原因吧，周晚的气质和这个女人太像了。

而这个女人，她的照片一直被乔粟带在身上。

乔粟依旧不想承认，照片上的女人，也许是把她生出来的，可以被她叫作妈妈的人。

乔粟将手插进口袋里，眼里有亮光闪烁。

见女人走过来，沈江维磨豆子的手顿了顿，不知道是太冷的原因还是其他什么,他垂着头紧抿着唇,指节有些泛白。

而女人却若无其事地在桌边坐下来,拿开他手里的咖啡机。

沈江维站起来,在她的脸颊处吻了吻,然后将那些磨好的粉末倒进杯子里,泡好一杯热气缭绕的咖啡端到她的面前。

这个时候乔粟才注意到,宋青和的左手食指,是没有的。就像之前死去的那两个人一样,手指都少了一个关节。

所以沈江维刚刚磨的是宋青和的骨头,他们喝的,是混着骨粉的咖啡。

乔粟嘴角浮出一丝冷笑,怪不得她会觉得自己像个怪物,原来生出自己的人就是个怪物。

空气里的寒气越来越重了,乔粟冷眼看着他们喝完咖啡,然后在宋青和的尸体前,拥抱在一起,执手相看,亲吻彼此。女人的衣服被一件一件地褪去,可是沉迷情欲的也只有她而已,沈江维脸上,更多的是一种虔诚的仪式感。

自动咖啡机的声音骤然而停,随后是一阵细碎的水流声。

同时停下来的,还有沈江维。他半睁着眼睛,看着女人的脸,然后细细地抚摸,在她耳边低语。

乔粟听不见他们说了什么,只是看见沈江维手里的刀子,沿着女人的背,一路向上。

女人终于从欲望中睁开眼,有些不可思议地看着面前的男人,直到冰凉的刀尖在她脸上划开一道细红的线,她的眼里才有些许惊恐的情绪。

"江维……你想干什么?"

"下一个，换你好不好？"沈江维拉长了尾音，"我想试试你的味道，是不是不一样……"

"江维，"女人的声音很细，"我听不懂你在说什么。"

沈江维深深地凝视着她，揽着她朝着旁边的一道帘子走过去。那是一道巨大厚重的帘子，乔粟就躲在阳台上这道帘子的阴影之下。

于是，她飞快地闪到一旁。

沈江维一手把未遮严实的帘子全部拉开，指着窗外对女人说："你看，黑暗也没什么可怕的。"

此时，透过没有遮挡的落地玻璃窗，乔粟看见一个巨大的浴缸横亘在客厅的中央，冒着凛冽的白气。浴缸旁放着几个巨大的罐子，罐子上面标着"液氮"二字。

乔粟能想象到宋青和死之前是怎样被推进这样的浴缸里，然后身体的温度又是怎样一点点地被抽离，最后直到意识一点点地消散。

"江维……"女人哀求。

"一下子就好了，我试过，不会觉得痛苦的。"沈江维引诱着她。

女人恢复了平静："我以为我和她们不一样。我以为你玩够了她们，最后还是会回到我身边。"

沈江维嘴角浮出极其讽刺的笑："你以为，你只不过是太天真了！"

他用力一推，女人跌坐在浴缸里。只不过一瞬间，身体已经没有任何感觉，缭绕的白气越发汹涌，侵蚀着身体的每一个感官细胞。

沈江维伸手想要打开旁边的罐子。

可是下一刻，玻璃破碎的声音，从落地窗那里传过来。

乔粟从暗处走出来，手上还拿着金属钳。

沈江维抬起眼看着她："是你？"

乔粟走过去，将手里的金属钳狠狠地砸向沈江维，趁着他躲开的间隙，将浴缸里的女人拉起来。

"这不是你该来的地方。"沈江维的声音透着阴鸷。

乔粟看着女人惨白的脸，还有裸露在外面被冻伤的皮肤，冷笑："我该来的？"

乔粟将女人扶到一边，又将自己的外套脱下来披在她的身上："我无所不在，没什么该不该来的地方。"

"你想做什么？"

乔粟想了想："没想好。"

"哼，"沈江维冷笑一声，"替周晚报仇，还是宋青和？"

乔粟站起身子，慢慢地朝着他走过去："报仇？很遗憾，我跟她们都不熟。"

沈江维以为自己可以控制乔粟，可是现在才发现，他根本看不清眼前这个年轻的女孩儿。她身上的阴冷甚至比周围的空气还要凉上几分。

"为什么？"乔粟问他，"为什么要杀了她们？"

沈江维似乎很意外这个问题，然后他认真地思考着答案，为什么呢？

"你听过磨咖啡豆的声音吗？细碎零散，却让人觉得满足，但是，不知道从什么时候开始，这种声音已经不能满足我了，我要找到更好听的声音。"

"骨头？"

"没错，男人的骨头太硬，只有女人的骨头，柔软纤细，小小的一截儿，放进机器里与咖啡豆一起磨碎，听，多么美妙！"

沈江维一副陶醉的样子，乔粟却一声冷笑："仅此而已？"

这句话无疑激怒了沈江维，他看着乔粟走到吧台，打开水龙头，然后转动着料理台上的磨豆机，窸窸窣窣的声音像是踩在他的心上。

她问："这样？"

"嘭"的一声，乔粟将东西摔在地上，机器破碎的声音代替了磨豆子的声音。

所谓的美好戛然而止。

乔粟抬头对上沈江维充血的眼睛，果然如此。

打断美好的声音就是他杀人的开关，比如刚刚突然走进来的那个女人。

沈江维冲上来，从刀架上抽出一把刀，就要朝着乔粟砍过来，却被乔粟躲过去了。

沈江维看着她："身手不错。"

下一刻，他走过来，打开了装有液氮的罐子，并一步步地将乔粟紧逼向那满是液氮的浴缸。

"要进去试试吗？"

"不要。"

乔粟看着逼近的沈江维，慢慢往后退着，直到脚跟碰上浴缸，她一个猛扑，扣住沈江维的手腕，反而将他压向浴缸。

可是，毕竟男女的力量有所差别，搏斗间，她又被沈江维压制在地上。

乔粟渐渐没了力气，只能想办法一招制敌。她咬着牙，脑海里一闪而过的是季南舟教给她的擒拿术。她控制住沈江维的一只手，反身攻击他的后膝盖窝，然后趁机将他甩了出去。

乔粟觉得，幸好她还没到实在不行的地步。

可是，她一口气没来得及喘完，后腰处一阵刺痛，她回过头。

那个女人眼神冰凉，却凉不过她刺进乔粟身体里的刀。

乔粟张了张嘴，没发出声音。

地上的沈江维一跃而起，抓起一个东西砸上乔粟的头。

鲜红的血顺着乔粟的额角流出来。

乔粟有些神志不清了，却还是看着那个女人，她想问"你知道我是谁吗"……

"乔粟！"

是谁的声音，乔粟已经分辨不出来了。她倒在地上的瞬间，眼前的一切模糊成幻影。

一道疾驰而来的黑色身影向她跑来，她张合着唇，呢喃着："宋续燃。"

她的身体被拖起来，女人手里拿着刀，紧紧地抵在她的脖子上。

刚刚的混乱似乎根本没有影响到女人，即使是挟持着人，她也是神色不改："你最好不要说话，死得省心点儿。"

宋续燃看着她，又将目光缓缓移向旁边的人："你们想做什么？"

"宋续燃，好久不见。"沈江维说着。

"放了她。"

"放了她?"沈江维看了看乔粟,明白了什么,"本来以为是宋青和,没想到误打误撞终于戳中你的心上人了?"

宋续燃语气平静:"放了她。"

沈江维笑起来:"你还记得,你当年是怎么对我妹妹的?你是怎么对我的?你不把我们当人,现在还指望我放了她?"

"说出你的条件。"

"你去死好不好?"沈江维脸上的表情越发狰狞。

忽然,他又改变主意,将手里冰凉的刀子扔到宋续燃面前。

"死太简单,不如你先剐了自己的一根手指,然后亲手磨碎,泡成咖啡跪在我面前。"

"宋续燃,"乔粟挣扎着发出声音,丝毫不畏惧脖子上冰凉的刀,"你最好不要做出让我觉得很蠢的事情。"

宋续燃看着地上的刀子,笑了笑:"粟粟,我这辈子没怕过什么,最怕的就是看见你受伤,偏偏你总是这么不让人省心。"

"快点儿!"沈江维催促着。

女人抵住乔粟脖子上的刀又深了几分,渗出血来。

"住手。"宋续燃的声音透着一丝绝望。

沈江维满意地笑了:"那你就快点儿!"

"住手。"宋续燃看着沈江维。他把一根手指抵在桌面上,而另一只手握着刀子缓缓抬起来,声音平静得听不出任何情绪,"我给你。"

"宋续燃!"乔粟尖叫。

"粟粟,我已经黔驴技穷了。也许是很蠢吧,所以我大概永远也比不上他。"宋续燃苦笑。

"噗"的一声,刀刃砍断手指的声音在空气里久久不能平息。

"没事的,粟粟。"宋续燃痛得脸色发白,却还不忘安慰那个受惊的小姑娘。如果可以,现在他真想把她抱进怀里,揉一揉她柔软的头发。

他放在心上的小姑娘,是一个比谁都要冷漠,却又比谁都要心软的小小人儿啊。她尽量不与这个世界碰撞,也不愿意多接触身边的人,只是怕连累他们,也怕他们悄无声息地离开。

乔粟,你什么时候才会知道,我和他们不一样,我从出现在你身边的那一天起,就没有打算活着离开你了。

乔粟眼中一片死寂:"宋续燃,你是不是疯了?"

"大概是的。"宋续燃又一次苦笑。

沈江维嘴角的笑越发扩大,他冲到宋续燃面前,捡起那半截儿指头,膝盖狠狠地顶上他的腹部:"宋续燃,这是你应得的。你做了太多的坏事,你罪有应得!"

沈江维的笑声在冰冷的空气里盘旋。

乔粟看了一眼身旁的女人,像是傀儡一样张了张嘴:"这就是你想要的吗?"

女人笑了笑:"我爱他,可以容忍他的一切。"

"是吗?"乔粟低下头。

女人接着说:"就像他爱你,拿命换也在所不惜。"她耸耸肩,松开乔粟,走向沈江维。

可能是失血的原因，也可能是液氮的原因，乔粟觉得冷极了，再也没有站起来的力气了。

空气里的温度已经低到极限，她甚至觉得身体里的所有血液正在一点点地被冻住。

她僵硬地将视线移到宋续燃那边。

女人将手里的刀子递给沈江维。

沈江维晃着刀子，对宋续燃说："怎么样？舒服吗？你还没有给我磨咖啡呢，你必须给我站起来。"

宋续燃笑："沈江维，你妹妹是怎么死的你还记得吗？"

乔粟听不懂宋续燃在说什么。

宋续燃喘着气继续说道："在冰库里被关了十七个小时，出来的时候连头发都是硬的。"

"谁做的？！"沈江维咬牙切齿。

宋续燃冷笑一声，却不说话了。

沈江维的妹妹是沈江维父亲在外面的私生女，虽是如此，沈江维却很疼爱她。

妹妹一直很乖，而他就是妹妹心中的神。可是，遇到宋续燃之后，一切都变了。

沈江维一点儿都不想去回忆他妹妹当年是怎样对宋续燃死缠烂打的，也不想回忆宋续燃对他们所做的一切。

总之，他只记得他妹妹死了，因为宋续燃而死。

所以从一开始，他就没有打算放过宋续燃，他要慢慢折磨宋续燃。

他将刀子狠狠地刺入宋续燃的大腿。

宋续燃闷哼了一声，咬着牙一把捉住沈江维的手腕，然后从口袋掏出什么东西往沈江维身上一刺。

沈江维脸上的表情却越来越狰狞："你……你……"话没说完，他像断了气一样，躺在地上抽搐了两下，就不动了。

女人看了看宋续燃，又看了看躺在地上的沈江维，这一切发生得太突然了。

"没有死，只是注射了一些药而已。"宋续燃将手上沾满血的微型注射器扔在地上。

女人说："我见过你。"

宋续燃挣扎着站起来想走到乔粟那边去："不重要了。"

"我记得你说我有一个……"话没说完，阳台上传来一阵什么东西破碎的声音打断了女人的话。

我记得你说我有一个女儿，你找到了她。

来的人是季南舟，他站在月光与灯光交会的地方。

在场的人皆诧异，季南舟却只是淡淡地瞥了一眼，目光最终落在那道小小的身影上。

刚刚还不可一世的女孩儿，现在却像一片干枯飘零的树叶，眼里毫无生气。

季南舟冲过去，先关了液氮罐的闸门，又脱下自己的衣服裹住乔粟，将她紧紧地抱在怀里。

"乔粟！"

没有回应。

他这个时候才察觉到手上一片湿腻。

季南舟摊开手,鲜红的颜色刺痛了他的眼睛。

他一把抱起地上的乔粟,到屋子外找了个温暖点儿的地方,将所有能保暖的东西都裹在她身上,反复地喊着她的名字:"乔粟,乔粟,说话。"

"唔……"乔粟轻轻应了一声。

他握着她的手,试图焐热她冰冷的身体。

"乔粟!"

"嗯……"

"说话!"

乔粟皱着眉,张了张嘴:"……"

"疼就说出来。"季南舟声音隐忍,直到终于听见了她的声音,像一只受伤的小猫。

"我疼。"

从小到大,从来不肯将自己的情绪表露出来的乔粟,第一次说出来,我疼,好疼,真的很疼。

大概是终于回暖了点儿,乔粟在季南舟的怀里喃喃出声:"宋续燃……"

季南舟愣了一下,可是更多的是一种失而复得的感觉,在心口慢慢回暖。他舒了一口气,缓缓叫她的名字:"乔粟。"

"嗯……"

"我是季南舟。"

"季南舟……"

"嗯,我在这里。"

"我好疼……"

"不疼了。"像是哄小孩子一样,季南舟声音轻柔,却又沉沉地落在乔粟的心上,"我在这里,不疼了。"

第十章

浅喜似苍狗

01

宋续燃的手指接好了,但腿伤十分严重,医生说他很长一段时间都不能再驾驶飞机了。

很长一段时间,说不上究竟是多久,也许到死的时候,这一段时间还没有结束。

宋续燃靠坐在病床上听着远处天空飞机轰鸣的声音,看着窗边的人儿,还是忍不住叫她的名字:"粟粟。"

乔粟回过头,看着他:"宋续燃,你是不是永远也没办法再开飞机了?"

宋续燃想了想,说:"是。"

乔粟不知道该说些什么,像是一个做了错事的孩子。

宋续燃的语气里带着些温柔的宠溺:"你腰上还有伤,小心一点儿。"

"你难道不应该关心你自己？"

"我没什么不好的，上不了飞机也能生活自理，影响不了什么。但如果你不好了，影响的大概是我整个人生了。"

乔粟顿了顿："宋续燃，开飞机是你的梦想。"

宋续燃笑，听不出语气里的真假："大概是的，不然当初也不会弃医学开飞机了。"

"现在你的梦想没了，你为什么还能这么若无其事？"

宋续燃看着她，没有回答这个问题，只是笑了笑，朝着她伸出手："粟粟，你过来。"

乔粟不动。

宋续燃却作势要下床："那只有我过来了。"

乔粟手插在口袋里，她看着宋续燃坐起来，然后拿起床边的拐杖，有些吃力地撑着自己往这边走过来。

大概是有些不熟练，他走了两步就有些不稳了。

宋续燃叹了口气："粟粟，我不年轻了。"

乔粟走过来，对上他的眼睛："宋续燃，你的确不年轻了，所以就不要逞强了。"

宋续燃笑了笑，一把将她抱在怀里，怕碰到她的伤口，动作很轻，整个身子的重量集中在一条腿上。

"宋续燃……"

"粟粟，就一下。"宋续燃打断她，声音带着深深的疲惫，"我知道你喜欢他，可是给我这一分钟好不好？"

他想起那一天在季南舟怀里的乔粟，这么多年，他始终陪在她的身边，她始终是坚硬而孤独的。而那个在季南舟怀里渴求着温暖、说着疼的女孩儿，他从来都没有见过。

宋续燃声音有些哑："这一分钟你什么都不要想，没有他，没有死去的那些人，我们依旧是七年前的样子……如果那个时候我就问你，要不要和我在一起……"

"不要。"乔粟很干脆。

宋续燃眼底有凄凉一闪而过，松开她的时候，他揉了揉她的头，脸上却已经换成了无奈的笑："还是这么直来直去，我受伤了都不会安慰我一下……"

"宋续燃，"乔粟深吸一口气，"我认识他，在你之前。"

"我知道。"宋续燃说，他将手里的石头递给她，"我以为我终于有一次来得刚刚好，却没想到还是来晚了。"

乔粟接过来，握在手里，声音小得自己都听不见："没有早或者晚，只有刚刚好而已。"

宋续燃听见了，他看着窗外厚重的云层，说："是吗？那挺不巧的。"

乔粟张了张嘴，没有说话。

过了好久，她才说："我先走了。"

"嗯。"

宋续燃看着她离开，关上门，才收回嘴角浅浅的笑意。

乔粟，你知道的吧，我的梦想，自始至终只有一个你，我从来没有得到过，就无所谓失不失去了。

桌子上的电话响了好久，宋续燃远远地看了一眼，走过去接起来，眼里一瞬间染上冷漠。

那边是极其讽刺的讥笑，宋之行说："没死？"

"托您的福。"

"可宋青和却死了，因为你。"

"……"

"我没想到，宋青和居然会把自己在宋家的股份让给你。"

宋续燃摩挲着桌子上的那份股权转让说明，眼神冷漠得不带一丝温度。

宋之行没听到宋续燃的回应，接着说道："宋续燃，宋家真正的孙子已经找到了，你只不过是一个替代品，迟早是要被扔掉的。宋青和就是担心这一点，所以才早早地把股份都转让给你的吧，她对你可真是煞费苦心啊。"

"是吗？"宋续燃嘴角弯出一丝阴冷的笑，"劳烦二叔操心了，不仅要弄清楚宋青和的死因，还要替宋家找孙子。"

"不劳烦，接下来，就是你的麻烦了。"

宋续燃挂了电话，眼神微冷，宋家真正的孙子，找到了就好，全部都找到了，他做的一切才有意义。

警局审讯室里，季南舟关了摄像录音设备，看着对面发髻依旧一丝不苟的女人，说道："该问的他们应该都问完了。"

女人笑笑："你要问的，却还没有开始。"

"嗯。"季南舟坐下来，靠在椅背上，"你知道我要问什么。"

女人低着头笑了一声，露出浅浅的酒窝，眼睛却没有任何焦距。

她缓缓说道:"你要问的是她吧?她是我的女儿。"

"你知道?"

女人轻叹一口气:"她和她爸爸的眼睛长得太像了。那一瞬间我甚至觉得是她的爸爸在看着我,找我复仇来了。"

季南舟眯着眼睛:"她不是你的女儿,你只是对她做了不该做的事。"

女人笑了笑:"那给你说说我的女儿吧。我十七岁的时候生了她,怕家里人知道,将她扔在了厕所里,以为她会死的,却没想到被孤儿院的人捡去了。不过,她爸爸倒是死得快。"

季南舟眼里漆黑一片,令人发怵。

女人依旧淡淡地笑着:"我并不觉得我有哪里做错了,如果当时承认了她的存在,她现在一定不会有这样的生活。她会被我爸妈关在大院里,像狗一样活着,或者随便被送到哪个村里,至少这辈子都不会像现在这样,被两个人深爱。"

"那你觉得她要谢谢你?"

"不然呢?"

季南舟冷笑:"可你现在呢,你给陈世德当情妇,得到了荣华富贵。陈家垮台后,你沦落到依附一个小小的情夫生活,受尽羞辱也只能忍着。甚至……借着他的精神疾病刺激他杀人。"

女人一直低着头,忽然长长地舒了一口气:"她们都该死。"

"该死的是你。"季南舟的一句话,让女人心底发怵。

女人小心翼翼:"你想怎么样?"

"一个条件而已。"

"你说。"

"乔粟不是你的女儿,以前不是,以后也不是。"

女人强颜笑着:"你想保护她什么?她跟我一样冷血……"

"你不配。"季南舟打断她,却没再说下去。

他出去的时候,夏蝉似乎已经在门口等了他很久,见他走过来,蹦蹦跳跳地跑过来。

"季南舟,有人找你哦。"

季南舟一瞬间就想到乔粟。

夏蝉摊手:"她自己不进来,说就在外面等你的。"

"不过我请她喝茶了!"夏蝉邀功,"而且本来有很重要的事要跟你说,现在比起来,我觉得你的轴对称更重要。"

季南舟对于"轴对称"三个字似乎有点儿不理解,夏蝉却浑然不觉道:"但是有个问题还是很严肃,所以我一句话说完。"

"你说。"

"沈江维在医院做精神鉴定的时候,跑了……"

季南舟眼神微凛,当时,陈弥生也是这样逃掉的,后来被杀。

夏蝉眨了眨眼:"没事,交给我,我一定会抓住沈江维的,实在不济还有我神通广大的哥哥。总之,他绝对不会伤害到乔粟。"

季南舟点点头,忽然又问:"顾承禹是不是快回来了?"

夏蝉忽然泄了气:"不出意外的话,下周吧。"

"哎呀,你快去吧。"她推着季南舟,"我哥哥回来说不定就是来抓你回去的,所以你最好现在就和乔粟私奔!"

季南舟笑笑,走的时候拍了拍夏蝉的头:"这个你放心,顾承禹暂时没法抓我。"

夏蝉吐舌头，看着他的背影，长长地叹了口气："除了她，谁都抓不住你。"

乔粟站在警局门口，靠在墙上用脚尖蹭着地面，手上拎着杯奶茶，粉红色的液体，跟她很不搭，应该是夏蝉买的。

季南舟走过去："来很久了？"

"不久。"

他闷笑一声，握住她的手抬起来："手都凉了。"

"天生的。"乔粟任由他握着自己的手塞进他的口袋，也不顾在警局门口这样做是不是合适，"你带我去哪儿？"

"回家。"

乔粟停下来："你知道我是来干什么的？"

"不是来接我回家的？"季南舟明知故问。

"你厚脸皮也是天生的？"乔粟反问。

季南舟倒也不急："后天跟你学的。"说着，却还是带她去了探监室。

乔粟的确是来见那个女人的，她站在门口说："季南舟，我自己进去。"

"嗯。"季南舟点点头，"我就在外边，有事叫我。"

乔粟进去的时候，女人已经坐在那里了。

乔粟坐过去，隔着一层玻璃，目光直直地看着对方的眼睛，可是想说的话却一句都说不出来。

女人笑了笑:"我大概知道你要问我什么。"

乔粟"嗯"了一声,事实上她只能发出这个音节。

可怕的寂静在两人之间蔓延,乔粟甚至都能听见自己心跳的声音。

对面的女人张了张嘴,优雅得体地笑:"很遗憾,我不是。"

乔粟低着头,看不清表情。

"我有过很多男人,却没有过孩子。"女人的声音淡淡地在空荡的房间里回旋,而乔粟一句话都没有说。

女人站起来,转过身准备离开,乔粟却忽然叫住了女人,她说:"谢谢。"

女人背对着她。

乔粟长长地松了口气:"其实你是谁对我来说并不重要,我已经长这么大了,没有的也没什么执念。可就是不知道,为什么想来见见你。"

女人说:"你在害怕吧?怕如果我真的是你的妈妈,你会不会跟我一样冷血,连自己的女儿都可以毫不犹豫地杀了。"

乔粟隐隐觉得后腰处一阵疼痛,而她准备离开的时候,女人说了最后一句话:"你比我幸运多了,至少他无论如何也不会让你变成我这个样子。"

乔粟停下脚步来:"或许吧。"

乔粟出来的时候,季南舟环着手靠在栏杆上。

"没事了?"

乔粟没有应,季南舟又喊了句:"乔粟?"

"季南舟。"

"嗯?"

"我妈应该很久很久以前就死了吧?她应该粗俗、市侩,不会打扮也不会穿衣服,不然也不会把我扔在厕所了。"

季南舟抱住她:"乔粟,你比我想的要脆弱多了。"

"没有。"乔粟抵着他的肩膀,闷闷地说,"乔粟这个身份,名字都是人家给的,我本来什么都没有,谁也不是,大概是个黑户。"

"没事。"季南舟下巴搁在她的头上,沉沉的声音漫过喉结,"那是以前,现在你是我的人,有名字、有家,还有我。"

"那你是谁呢?季南舟。"

乔粟抬起头,很认真地看着他的眼睛,她从来没有弄清楚过季南舟的身份,甚至所谓的警察也不过是一个幌子而已,所以,你到底是谁呢?

季南舟笑笑:"如果你愿意的话,现在就可以是你的……丈夫。"

季南舟特地在最后两个字上咬字特别重,乔粟一瞬间收回自己所有的情绪,面无表情地推开他,说:"不怎么愿意。"

02

季南舟本来打算送乔粟回家的,路上接到夏蝉的电话,说查出来那一天拦住他的人,是宋之行的人。

有些事以前不处理是觉得无所谓,可是现在不一样了,他从后视镜里看了眼乔粟,现在他还有终身大事没完成。

他在电话里跟夏蝉交代了几句,就挂了电话。

季南舟忽然掉转了方向。

乔粟狐疑地看着他:"你要带我去哪儿?"

"回家。"

"我家不在那儿。"

季南舟眼睛直视着前方,说得一本正经:"我在那儿就可以了。"

乔粟没再说话,由着季南舟带着她绕了半座城市,最后停在城南的一片住宅附近。

红墙白瓦,绿林环绕,风在这个地方都显得特别温柔。季南舟很喜欢这个地方,安静惬意,天气好的时候还可以看见远山的日出。

只不过这里的房子本来是卖了的,可没过两天顾承禹又把钥匙寄过来了,留了两个字——嫁妆。

季南舟想想就觉得好笑。

乔粟问他:"你笑什么?"

"如果娶了你会怎样?"季南舟毫不遮掩。

乔粟很认真地想了想:"会死吧。"

"那我还真要试一试。"

季南舟停车。

乔粟下车,柔软的风吹过来,每当这个时候,她觉得自己格外想念季南舟,就算现在他就在眼前。

季南舟走过来,乔粟说:"季南舟,你不用什么都瞒着我,我知道沈江维跑了。"

"夏蝉说的?"不甚在意的语气。

"我问的。"乔粟深呼一口气,"可我不觉得有什么好怕的。"

"我挺怕的。"季南舟忽然说道。

乔粟脚下一顿,季南舟笑了笑:"过了这么久,才发现你不在我身边的每一秒我都挺害怕的。"

"那你比我尿多了。"

"你觉得是因为谁?"

"我。"

季南舟走过去,抓住她的手使劲儿地揉了揉,然后继续往前走着:"那你就抓紧我,不要松手。"

"那就试试吧。"乔粟忽然说道。

季南舟微顿了一下:"你是认真的?"

乔粟点头:"对,不行的话……"

季南舟一把将她拉进自己的怀里,以吻封缄,轻轻咬她的唇。

乔粟很喜欢季南舟吻她的时候,温柔深情,末了会有些霸道地堵得她喘不过气。

季南舟稍稍松开,看着极力寻找呼吸的乔粟,漆亮的眸子透着笑意:"哪儿都行,要不要也试试?"

"不用了。"

乔粟说不用纯粹是因为自己的反骨作祟,可是季南舟却好像真的听了。

她坐在这个到处都沾染着季南舟的味道的屋子里,好像自己也被贴上了季南舟的标签。

不过挺好的,这让她感觉前所未有的安心与依赖。

季南舟端了两碗面过来:"只有面了,不过有我陪你一起吃。"

乔粟斜着眼睛看他："难道不是因为你只会煮面条？"

"你很快就会知道我还会干点儿别的什么。"

季南舟若无其事地坐在乔粟的对面，不知道什么时候换上了家居服，全身上下仿佛被镀上一层柔软的光。两个人慢条斯理地吃着简单的水煮面，筷子偶尔碰上碗的声音，像是山间的清泉叮咚，淌过心上。

乔粟问："季南舟，你知道男人什么时候最诱人吗？"

季南舟抬头，隔着白白的一层水汽看她，樱红的唇、细白的皮肤，至少他知道乔粟现在很诱人。

他停下筷子，眼神饶有意味。

乔粟说："若无其事地勾引人，勾引完了还假装什么都没有发生过。"

季南舟觉得自己被莫名栽赃了一把，毕竟勾人的不是他。

乔粟吃完了，擦了擦嘴："我睡哪儿？"

"你随意。"

"哦。"

季南舟只不过转个身的时间，乔粟就不见了。她很聪明地选了二楼最里面的房间，然后关门、上锁。

不过，这间好像恰好就是季南舟的卧室。她环顾了一眼，简单的衣柜、床，旁边的沙发椅上扔着两三件衣服，除此之外没有任何东西。

床头柜上放着一张照片，乔粟走了过去。

被锁在外面的人，眸底闪过危险的光，他慢悠悠地敲门。

"不在。"乔粟声音冷冷的。

季南舟就靠在墙上，双手环胸："乔粟，你知道你在干什么吗？"

"撩你。"

"那就后果自负。"

"无所谓。"

季南舟在楼梯旁边的工具箱里找了些工具，细长的弯头铁丝插进锁眼，微微转动，"咔嚓"一声。

季南舟推开门，靠在门框上。看着乔粟眼里一闪而过的慌乱，他心里生出巨大的满足。

乔粟坐在床上，挑眉看着他："你还会开锁？"

"技多不压身。"

季南舟走进来，顺手带上门，朝她走过去。

乔粟举着手里的照片，问："什么时候拍的？"

那是她十九岁的样子，穿着七分裤，站在合欢树下，一脸坏笑着不知道在看什么地方。

季南舟想起来了，这是那一天在直升机上用高级设备偷拍的，可是至于这张照片为什么会在这里，他也不知道。

而且现在也不是回忆以前的时候。

他握住乔粟细白的手腕，将照片从她手里抽走："我们干点儿别的。"

"不。"

"你刚刚撩我？"

"是。"

"所以我说了后果自负。"

乔粟狡黠一笑，在他唇上轻轻一点，然后退开："季南舟，你现在可真像一个毛头小子。"

季南舟微微挑眉，嘴角扬着笑："毛头小子可不是这样的。"

乔粟刚准备说什么，季南舟堵住她的唇，乘虚而入。

乔粟抬腿想踢他一脚，他却先她一步搂住她的腰，稍稍用力将她压在床上。

一瞬间，所有的感官都体会着他的味道。

乔粟不是没被季南舟吻过，可是这一次看起来真的要动真格的时候，她忽然有些怵了。

她趁着喘息的间隙叫他的名字，可是"季南舟"三个字喊出来连她自己都瞧不起自己。

季南舟忍住笑："你急什么？"

乔粟抬腿，被季南舟弯曲的长腿压住，她觉得自己现在就像是砧板上的鱼肉，而他正一点点地将她宰割。

"季南舟。"柔软的声音从唇齿间溢出，季南舟的手不知什么时候已经滑进了她的衣服，顺着腰线一路往上。紧接着，她的内衣一松。

"你……"

声音被吻淹没，季南舟的手覆上来，粗粝的指腹摩挲着她细腻的皮肤。

乔粟迅速酥软下来，渐渐失去了所有反抗的力气。

无所谓。乔粟心想着，伸手环上季南舟精壮的腰身，打不过又跑不掉的时候，只能投降了。

况且，她自找的。

季南舟很享受这个过程,一直折腾到后半夜。

乔粟迷迷糊糊地听见季南舟的声音,还弥留一丝性感:"乔粟,要不明天我们去领个证吧?"

"不去。"

"必须去。"季南舟咬她的耳朵。

乔粟后来说了什么她自己都记不清了,只觉得胸口被填得很满。

第十一章

深 爱 如 长 风

01

乔粟是在下班的时候听到有关宋续燃的消息的,整个机务组的同事都在议论。

他们说,宋家出了丑闻,宋青和爱上了自己的堂弟宋续燃,受不了道德约束所以去送死。但是宋续燃并不是宋家的孙子,他是被调包的,宋家真正的孙子已经找到了,所以他被赶出了宋家。而且之前宋青和死的时候,他似乎还在跟凶手的争斗中受了伤,半条腿都废了,现在也不知道人在哪儿。

"真是可怜……"众人唏嘘,"不过宋续燃看起来就不像是会倒下的人,他应该永远都是站在最高的地方闪闪发光。现在,真是一场好戏啊……"

忽然,"嘭"的几声,吓得众人噤声。

他们回过头去看,身后几排工具架跟多米诺骨牌一样依次倒下来,而在第一个倒下的工具架旁边，乔粟站在那儿，面不改色地在机翼上敲敲打打。

一时间只剩下铁与铁碰撞的声音。

直到一个新来的同事打破这诡异的寂静："你怎么回事？这弄倒了我们得收一天你知不知道！"

乔粟冷眼扫过那一群人，从架梯上跳下来。

"反正你们也闲。"

她说完就离开，只留下背后絮絮叨叨的声音："你小心点儿，她跟宋续燃……"

剩下的声音乔粟已经听不见了。

宋家家大业大，有什么新闻都是谈资，况且宋续燃还是他们的同事，于是谈兴更浓。可是，乔粟并不觉得一个人的一生可以给别人当戏看。

乔粟出了机场才发现自己还没来得及换衣服，身上依旧是那套深蓝色的连体工装，不过好在天气变得暖和了，所以也不怎么冷。口袋里有早晨季南舟硬塞给她的手机，说是下午联系她。不过，目前手机依旧是静静地躺在口袋里。

乔粟忽然意识到，从他将手机交给她的那一刻开始，她就在有所期待，至于期待什么，她没有细想，只是觉得这东西果然还是不用的好。

"乔粟！"

乔粟抬起头，前面短头发的女孩儿招着手跑过来。

"夏……蝉？"她犹豫了一下。

夏蝉停在她面前，笑嘻嘻地喘着气："季南舟……他可能有点儿事，可是又特别不放心你，所以我就擅自替他来保护你啦。"

"我能有什么事要被警察贴身保护？"

夏蝉吐了吐舌头："不是啦，我不是警察，只不过是帮帮季南舟的忙而已。"

乔粟猜到了，所以夏蝉和季南舟，他们应该是从一个地方来的吧。

"你很厉害吧？"

"啊？"夏蝉被乔粟问得一蒙。

"可以帮我找一个人吗？"乔粟继续说道。

"谁啊？"

"宋续燃。"

夏蝉顿了一下，支支吾吾："那个……我……"

找谁不好，偏偏要找哥哥嘱咐过最好不要接近的宋续燃，虽然个中原因她大概是知道一点儿，可是……

夏蝉抬起头，一对上乔粟的眼神，立马尿了："这个……应该还是不难的。"

她转过身，往前走。刚刚有那么一瞬间，她似乎在乔粟的眼睛里看见了季南舟的影子。

她没办法拒绝季南舟，从小就这样，就像条件反射一样，人没办法控制膝跳反应，而她对季南舟没办法。

乔粟看着她的背影，想了一会儿，然后跟上去。

夏蝉去车里拿了电脑过来，只用了短短的三分钟，就定位到宋续燃的位置。

她递过来："其实……他们并不是很想让你去找宋续燃。"

夏蝉看乔粟的神情并没有多大变化，继续说道："可是我觉得有些事情还是得你来处理比较好，毕竟夹在中间的是你。"

"至于季南舟他……"夏蝉语气变低了点儿，却没有说下去。忽然，她又恢复了活力，"哎呀，我也说不清楚，反正他们男人有男人的想法。哪，我作为跟你年纪相差不大的妙龄女子呢，应该更懂你的想法对不对？况且，有我在呢，才不会让你出事。"

乔粟不明白她在说什么，只是看着她的眼睛，问道："你是不是喜欢他？"

"啊？"滔滔不绝的话语戛然而止，夏蝉甚至都有些不敢去看乔粟的眼睛，她嚅嗫了一下，"那个……也……"

乔粟站起来，往前走。

夏蝉也猛地站起来，像做错事的孩子一样，断断续续分了好几段才说完话："对不起，我是喜欢他，但是，我们也只是很简单很普通的朋友而已。"

"你要相信他啊。"夏蝉朝乔粟喊道。

乔粟停下来，回头，琥珀色的瞳孔倒映着夕阳的颜色，整个人散发着一种异样的柔光，她笑了笑："嗯，我相信他，也相信你。"

夏蝉愣了一下，直到乔粟走到车边她才回过神来。

完了，她不光掉进季南舟的坑里出不来，现在还被乔粟圈粉了，居然会萌上一对夫妇！天哪！

夏蝉追上去："啊，乔粟，你等等我，我得保护你呢！"

宋续燃在修名山的别墅里,离这里不远,只不过乔粟从来不知道宋续燃还有这么个地方。夏蝉将乔粟送过去,一路上叽叽喳喳说了很多,乔粟都认真地听着。

比如,夏蝉还有一个无所不能的哥哥,就是太坏,得罪过不少女人,可却总是有女人心甘情愿地排着队。

比如季南舟……不过,有关季南舟的事情,乔粟一个字也没有听进去。

夏蝉将乔粟送到山下就将车子停了下来:"山腰上有警卫,外面的车子进不去,所以我们只能徒步上去了。"

乔粟拒绝了夏蝉:"到这里就可以了。"她解开安全带,打开车门,"我自己上去。"

"可是刚刚明明说好……"

"夏蝉,"乔粟打断她,"刚刚关于季南舟的那些事,你通知他一下,让他自己跟我说。"

夏蝉哽了一下,果然啊,乔粟还是介意的。不过,季南舟知道乔粟吃醋的话,应该会很高兴的吧!

夏蝉心里生出小小的窃喜。

乔粟莫名其妙地看着她:"还有,我其实挺相信宋续燃的。"说完,就下了车。

夏蝉趴在方向盘上看着乔粟一个人上了山路,这才意识到事情的严肃性,掏出手机给季南舟打电话,可是那边一直没办法接通,她只好打给顾承禹。

"哥……"

"不行。"

"我不是还没说呢。"

"你很少这样叫我。"

那边声音有些冷，夏蝉像是没察觉似的："我找不到季南舟了，可是乔粟又一个人去见宋续燃了……"

"宋续燃？"

"对，就是……他。"

那边顿了一下，缓缓说道："季南舟去见宋之行了，一时之间有些难脱身。你先在那里等乔粟，我和季南舟一定有一个会赶过来。"

夏蝉点头，挂了电话。

她看着早已经没有人影的地方，表情忽然认真起来。顾承禹刚刚说话的语气是少有的严肃，所以……

这件事情远比她想的更严重，可乔粟又相信宋续燃……

夏蝉心里的不安越来越大了。

修名山其实算不上是一座山，只是稍稍有些林子，环绕着正中央的一片别墅，听说是宋家老爷子当初为了养病建的。

宋续燃一向不喜欢这样的地方，现在却待在这里，并且是以宋家假孙子的身份待在这里。乔粟有些不明白。

她顺着盘旋的小路往前走着，路过警卫室的时候，年轻的小伙子看了她一眼："乔粟小姐吧，宋先生在等着你呢。"

她抬头看了眼路边的摄像头，继续往前走着。

一直到巨大的银色铁门门口，乔粟看着那辆黑色的车，才相信宋续燃真的是在这里。

面前的门缓缓地打开，宛如监狱一般，里面住着永远也走不出来的人。

她顿了顿，走进去。

天色已有些暗，阴沉沉的一片，仿佛随时都会下起雨来。

宋续燃正站在前面，背对着她，仰着头看着天空中飞机划过的痕迹。

他整个人像是荒野里的一棵古松，即使挺拔如初，却还是掩不住一丝萧索。乔粟忽然有一种恍如隔世的感觉。

"宋续燃。"她叫出他的名字。

宋续燃回过头，熟悉沉缓的声音："粟粟。"他笑了笑，"等你好久了。"

乔粟走过去，心里忽然有点儿堵，问道："腿好了？"

宋续燃没回，眼神看向前面的藤椅："要不要陪我坐坐？"他说着，往前走，努力踩稳的步子里依旧有一些异样。

乔粟开口，声音有些哑："你不用逞强的。"

"他对你好吗？"宋续燃似乎是有些累了，坐下来，仿佛只是提了一个无关紧要的问题。

乔粟顿了顿："挺好的。"

"那就好。"

"那你呢？"乔粟问，"其实我承受能力没有那么差，很多事情你大可以告诉我。"

宋续燃低着头笑了一声，睫毛下映下一片阴影："你指的是我鸠占鹊巢，还是宋青和因为我而死？"

乔粟没说话，宋续燃的声音低低沉沉的："我觉得这并不是什么大问题，只不过是刚好被扔进了一个窝里，然后顺其自然而已。不管怎样，都是我自己的事情，我可以处理好。至于处理不好的……"宋续燃看着她的眼睛，"总是你。"

宋续燃有些无奈，伸手想拉住乔粟，想了想又放下了。

好久后，她问："是季南舟对不对？"

宋家的孙子，是季南舟。

不然季南舟不会这么看着她，又不让她见宋续燃，夏蝉也不会三番五次地欲言又止，甚至拿自己和季南舟的事来引开她的注意。

宋续燃沉默了一下，他知道乔粟终究会知道，却没有想到会这么早。他点点头，再抬头时，眼神又恢复了一片清明："是。"

乔粟说不上来现在心里是什么感受，其实谁是谁跟她一点儿关系都没有，真的没有。可是夏蝉说得对，这又是她必须要解决的麻烦。

她犹豫了一下，才说道："宋续燃就是宋续燃，季南舟也只是季南舟。既然你一开始就知道这件事，那么也应该早就做好了会有这一天的准备。"

她顿了顿，又说："况且，你也不是会因为这件事停下来的人。"

宋续燃笑了笑："谁知道呢？"

他抬起头，看着乔粟的眼睛，透亮的眸子中仿佛藏有一个黑洞，让人捉摸不透："如果我说，季南舟和我，只能活下来一个，你选谁呢？"

乔粟静了片刻，说："宋续燃，你应该知道，我谁都可以不要，一个人活得未必不好。"

"也是。"宋续燃笑了笑，"你是乔粟。"

你是乔粟，谁都没办法成为你的牵绊。

不过也正因为是你，所以不会让任何人看出来你心里最深的牵绊。

天黑了。

过了好一会儿，乔粟才意识到是自己口袋里的手机在振动。

宋续燃看了她一眼："你以前很不喜欢用手机的。"

乔粟看着天边一轮皎洁的月亮，道："现在也不喜欢。"

她没有接电话，看着远处的天空说："宋续燃，我走了。"

"还回来吗？"

"应该不会了。"乔粟说。

宋续燃没说话，点点头："嗯。"末了又喊住她，"乔粟。"后来还是什么都没有说出来。

乔粟笑笑："宋续燃，我又不是要死了。"

宋续燃站在月光下，笑得格外温柔："嗯，只不过终于要放手了，一时不知道该怎么办。"

"就当我死了。"乔粟缓缓说出几个字，然后就再也没有回过头。

所以也没有看见，宋续燃脸上所有宠溺的表情如同面具一样被卸下来，只剩一双暗淡无光的眼睛。

他拿出手机拨出电话，简单地说了几个字。

云层一瞬间挡住了所有的光。

02

乔粟顺着原路下了山,却没想到夏蝉居然还等在那里。

夏蝉靠在车上有些无聊地赶着蚊子,见乔粟来了,终于松了一口气的样子,蹦蹦跳跳地跑过去:"乔粟!"

"你为什么还没走?"

"等你呀!"夏蝉从兜里掏出手机,"喏,季南舟正在赶过来的路上,至少打了二十几个电话问你出来没有。"

夏蝉帮她回拨了过去。

乔粟接过来,季南舟的声音透过听筒传过来,格外低沉:"乔粟?"

"季南舟,我见到宋续燃了。"

"我知道。"季南舟一直担心宋续燃会做出什么,所以在接到夏蝉的电话时立马从宋之行那里赶了过来,为此还惹了不小的麻烦。他瞥了眼手臂上不断涌出血的伤口,凝眸问,"宋续燃跟你说什么了?"

漫长的沉寂之后,乔粟说:"问我在你和他之间选谁。"

季南舟笑道:"所以呢,谁都不选?"

"嗯。"

"那你挺聪明的,不过,是我的话永远也不会给你这个选择,只能我主动来,让你除了我毫无选择。"

乔粟没听进去,问他:"你在开车?"

"嗯。"

"声音听起来很累。"

季南舟心里淌过一丝温柔,笑:"见面的时候你奖励一下我就好了。"

夏蝉在旁边狐疑地看着乔粟,总觉得他们之间好像有一种特殊的语言,只有他们自己能听懂。

夏蝉努了努嘴,忽然一阵细微的声响传来,从部队里训练出来的她对突如其来的骚动格外敏感。

夏蝉竖起耳朵仔细地听,而乔粟似乎也注意到了,好一会儿,她说:"季南舟,我等你十分钟。"

"乔粟,小心!"

乔粟还没来得及回身,夏蝉猛扑过来,抱着她滚到路边,随即"嘭"的一声,金属碰撞的声音震得鼓膜嗡嗡作响。

乔粟看着忽然出现的那人,破烂的衣服,冰凉的眼神,脸上不知道是干涸的血还是污浊的泥土,像是刚从地底爬出来的。他手里还拿着一根长铁棍,而刚刚自己站的地方,车头凹进去了一大块。

乔粟看了眼掉在一边的手机,目光又移回到眼前的男人:"沈江维?"

"哼,好久不见……"男人轻哼。

好久不见,之前风度翩翩的男人如今变成这副样子,乔粟完全不知道他经历了什么。

夏蝉似乎也想起来了:"咖啡店的那个?"

"之前怎么都找不到的人,为什么忽然出现在这里?"夏蝉有些不明白。

沈江维笑着,露出狰狞可怖的表情:"我要杀了你们。"说着举着棍子就要砸过来。

夏婵迅速站起来，捉住他的一只手，绕到他身后，屈膝顶上他的膝盖后窝，然后狠狠地踩上他的小腿胫骨，轻松放倒了他。

可危机并没有结束。

不过一眨眼的工夫，又有四五个黑衣男人走过来，穿着黑色的西装，面无表情。

沈江维笑，慢慢地从地上爬起来："你们以为我连你们都对付不了？"

夏婵凝眸，这群人的气场跟之前袭击季南舟的那些人差不多，很明显是同一批人，只是……她不信宋之行还有那样的胆子再来针对乔粟，那么……

现在只有这一种可能了，就是这群人，从来都不是宋之行的人。

要对付乔粟的，不是宋之行，也不会是现在这个样子的沈江维。

夏婵来不及细想，周围的人已经围了上来，她挡在乔粟身前："乔粟，现在最好的办法就是我先拦住他们一会儿，你奋力跑去找人帮忙。顾承禹的人离这里不远，三分钟之内我还是能撑的。"

乔粟点头，她没有细想顾承禹为什么会派人到这里。

夏婵倒数三二一，乔粟往后跑。

不过一会儿，夏婵被团团围住了。

乔粟的脚步停下来，她回过头。

"夏婵！"乔粟大喊。

夏婵回过头："乔粟，你快走。"你有事的话，季南舟一定会难过，与其这样，我宁愿出事的是我。

不得已，乔粟又往前跑着。

一群男人对付夏婵也十分吃力，在一番打斗之后，夏婵渐渐没有了力气，被几个人抓住。

这时，沈江维手里的刀子，狠狠地捅进了夏婵的腹部，而他脸上的狞笑越发肆意。

不远处，因为实在担心夏婵出事，乔粟又跑了回来，就看见了这一幕。

"夏婵！"乔粟跟跄着往夏婵这边跑来，却眼睁睁地看着沈江维将夏婵塞进车里，扬长而去。

"粟粟。"有人出声叫住乔粟。

"宋续燃？"

宋续燃从来没有看见过乔粟这样仓皇的样子，而乔粟也不会看见他的挣扎。

"是沈江维，"乔粟说着，"他抓了夏婵。"

"粟粟，你冷静一点儿。"宋续燃太冷静了。

乔粟看着他："沈江维要恨也是恨我，为什么要抓夏婵？那些要杀我的人，他们冲着我来就好了，为什么要伤害我身边的人？"

乔粟忽然就崩溃了，长久以来积压在心底的所有痛苦在这一瞬间全部爆发，她很孤独地来到这个世界，遇到的人不多，可是为什么每一个都没有好下场？

乔粟眼神呆呆的，反反复复地呢喃："杀了我不就好了？"

"粟粟。"宋续燃声音压抑，"他们死了，你难过吗？"

"我不难过。"乔粟说,"我想死。"

"我死了他们就不用死了。"她拨开宋续燃握着她肩膀的手,转身朝着那辆车离开的方向走去,她要救夏婵。

她想问问沈江维,究竟是谁,永远都不让她好过。

"粟粟。"宋续燃拉住她的手。

"我要去救她。"

"你一个人怎么去?"宋续燃的手越握越紧,眼底越来越黑,"沈江维恨的人是我,那群人应该也是宋之行找来针对我的,所以这都是我的问题。"

他看着乔粟:"所以,交给我。"

乔粟犹豫,她不想再把宋续燃扯进来,她不想他再出事了。

"乔粟,你知道的,你一难过我就没办法了。"他笑了笑,"我会把她带回来的。"

乔粟并没有注意到宋续燃的异样:"宋续燃,如果你死了……"

"没有如果。"宋续燃转身上车。

发动机的声音响起来,车子循着前面的车迹扬长而去,徒留一管尾气在月色下始终都没有散去。

那样子,像是永别。

还躺在地上的手机忽然亮了起来,嗡嗡作响的声音打破了周围诡异的寂静。乔粟走过去,看见屏幕上的来电显示——罗照。

03

十分钟后,季南舟赶到了。

他从车上下来，看着蹲在路边的乔粟，急急忙忙地跑过去。

"乔粟。"

"季南舟。"

季南舟抱住她："乖，不用怕。"

乔粟抬起头，看着他，说："夏蝉被抓了，宋续燃也追过去了。"

"你是不是已经知道了什么？"季南舟看着她的表情，有一种不好的预感。

"我刚刚接到过罗照的电话，在宋续燃走后。"

季南舟心里一顿。

乔粟面无表情地接着说道："他说，宋续燃和周晚以前一起做过一份心理研究学术报告，研究怎样找到刺激点来刺激潜在精神病患者，使他们从正常状态转换为病理状态。后来研究被禁，他们意见又产生分歧，所以宋续燃借沈江维的手杀了周晚……"

乔粟长长地叹了口气："所以一开始就是宋续燃吧。从弥生，到沈江维，都是他通过精神控制的试验品，借刀杀人，杀掉我身边所有的人。"

当罗照在电话里说出这些话的时候，乔粟不知道自己是什么感觉。

"原来是他……"乔粟喃喃着。

季南舟将乔粟从地上拉起来，缓缓掰开她的手，轻轻抚着她因为太用力而抠出的血印。

"乔粟，我在这里，我还在这里。"

尽管他也是刚刚才从宋之行那里知道真相的。

宋之行想为自己的儿子报仇，所以调查了宋续燃，没想到，竟然真的查出宋续燃的异常。

他把这些告诉季南舟,试图将季南舟拉进他的阵营,甚至以乔粟作威胁。

不过,季南舟可不会给宋之行这个机会。毕竟这个世界上,大概也只有乔粟,他放不下。

乔粟说:"季南舟,他们是不是都是被我害死的?"

季南舟说:"不是,也有的是为了报复宋家,包括我。"

"那你害怕吗?"乔粟看着季南舟墨黑的眼睛,"季南舟,你会害怕吗?"

季南舟没明白乔粟的意思,她接着说:"我也接受过周晚的治疗,如果我跟你一起去的话,我可能会……"会控制不住自己,杀人。

她觉得自己已经快控制不住了,所有潜藏在记忆里尖锐而扭曲的画面疯狂地拥向脑海,血腥残暴、肮脏不堪,还有那个狞笑着的自己,全部死掉才好。

乔粟觉得,自己要疯了。

"不会。"季南舟在她耳边反反复复,牵扯着她的最后一丝意识,"有我在,你不会。"

车子在漆黑的山路上疾驰,绕过城市的外环,避开所有的灯红酒绿,根据顾承禹发来的位置,那伙人劫持夏婵正在朝着南边的一座小岛上移动。

乔粟坐在车上,顾承禹偶尔打电话过来说明情况,季南舟简单地应着,所有的注意力却全在乔粟的身上,她太安静了,安静得近乎死亡,形同傀儡。

她从来都不够坚韧，也不够冷漠，明明用尽全力珍惜着每一个出现在身边的人，可是最后又不得不远离他们，她比谁都寂寞。

季南舟腾出一只手来握住她的手，伤口已经痛到麻木，却还是能感受到她手心冰凉一片。他现在宁愿乔粟就是一个麻木不仁又狠心的姑娘，摆出那一副一贯无所谓的表情，说："反正死不了就好。"

"乔粟，死不了的。"

车子最后停在海边，那里有顾承禹事先准备好的快艇。

季南舟带着乔粟坐上去，靠着夏婵身上戴着的生命仪不断发过来的微弱的信号，在漆黑的海上寻找着方向。

不知道过了多久，一直到天空隐隐泛白，他们才停在一座略显荒凉的岛上。

很大的一座岛，南北方向有几块连在一起的小山丘，其余的地方是密布的丛林。季南舟回过头，捉住乔粟的手，将一个冰冷厚重的东西放在她的手上。

是枪。

乔粟有些呆滞地握住。

季南舟说："保护自己。"

"那你呢？"乔粟问，"你去哪儿？"你明明说了，会一直在我身边，现在去哪儿？

季南舟笑，轻轻吻了一下她的唇，然后将一枚圆形的小徽章放进她的口袋："哪里都不去，乖乖睡一下，醒了我就在了。"

乔粟不明白，可下一秒，她就昏睡在了季南舟的怀里。季南舟收回拍晕乔粟的手，紧紧抱着她。

此时，从暗处走来一个人，如刀刻般的五官在半明半暗的阴影中显得更为深邃，一双眼睛却透着瘆人的寒光。

"季南舟。"

"顾承禹。第一次见，介绍一下，这是我的命。"季南舟看着乔粟昏睡的脸，冷滞的目光里有一闪而过的温柔。

顾承禹说："我见过。"

"那交给你了。"

顾承禹从他手中接过乔粟："那你又何必把她带过来？"

"她不老实，得有人看着才放心。"季南舟回道。

宋之行那边对他们也是咬着不放，所以如果要在"将乔粟带到一个危险的地方去"和"将她放在一个危险的地方"这两个选项中二选一的话，季南舟当然是要把她带在身边。

况且她现在……

顾承禹声音沉沉的："季南舟，宋续燃不是善类。"

"巧了，我也不是。"季南舟说着，朝着那边的山丘走过去。

顾承禹叫住他："季南舟，夏蝉的话，你要是顺手就救她。"

但是如果你救了她，她就更没有办法对你释怀了。她这个人从小就有英雄主义，第一次见你的时候就非你不可，现在好不容易才肯试着放弃了……所以，与其你再出现在她面前，我宁愿她自己逃出来。

当然，这些话顾承禹没有说出来。

因为他觉得如果季南舟舍得的话，还有另外一种选择。

04

乔粟是在季南舟走远的时候醒过来的，顾承禹对她说："可以了。"

乔粟直起身子，摸了摸后颈，这里被季南舟拍得有些疼。

顾承禹问："为什么要骗他？"

"不然他会小瞧我一辈子。"乔粟慢悠悠地说，"宋续燃是我生命里至关重要的一部分，可是我也不能因为身体里的一部分坏掉，就放弃活下去。我总得面对不是？"

"是。"

乔粟笑笑，继续说着："宋续燃会把季南舟约到山那边，那么就应该会用夏蝉约束他。所以，夏蝉现在在林子里？"

"嗯。"顾承禹话不多，"乔粟，我现在还有点儿事要做，所以我把夏蝉交给你。尽管季南舟知道我把你单独撇开会很生气，可现在也不得不这么做。"

乔粟点头，略带疑惑："你为什么不去救夏蝉？"

顾承禹直言："宋续燃在岛上装了炸弹。"

如果是以前的话，一起死了也没什么不好，可是现在不一样了，她不想死。乔粟这么想着。

她顺着地上凌乱的足迹走到深林里，她闻到了火的气息。顺着这样的气息，她一路前行，找到了人。

一个篝火堆在渐白的天色里奄奄一息，而夏蝉就躺在旁边，被绑了手脚。篝火边还围坐着三个黑衣男人，像是雕塑般，一动也不动。

她没办法靠近，也没办法同时引开三个人，救出夏蝉。

那么，就硬碰硬吧，最简单直接的方法，也是她最擅长的方法。

她走了几步，故意踩得枯枝作响，令三个黑衣男人警觉地站起来。

乔粟这才注意到他们擒住夏蝉，应该也花了不少力气，因为他们身上多多少少有些伤。她看了眼地上的夏蝉，却见夏蝉半睁着眼，手上有着细微的动作。

三，一，八。

三个人中有一个人手里有枪。

"放了她或者死，你们选一个。"乔粟声音不大，气势却足以镇住他们。

三个黑衣男人面面相觑。

突然，乔粟举起手枪，拉开保险栓，"嘭"的一声，击中其中一人的大腿，血流如注，而另外两人立马行动起来。

乔粟击中的是没有枪的那一个，旁边的一人滚到树干旁，作势要掏出枪。可是地上的夏蝉不知道什么时候已经挣脱了脚上的绳子，打了个滚站起来，用双腿擒住那人。

乔粟想去帮她，可是另外一个人已经跑了过来，一把抓住乔粟重重地往地上一甩。

她咬着牙刚站起来，就听到两声枪响。

夏蝉靠在树干上，她旁边的人腹部插着一把小刀，而她还被绑着的手里拿着枪。一下子解决了三个男人，两人腿部中弹，一个腹部中刀，虽然不至于死去，但至少是没有了行动力。

夏蝉笑了笑："谢谢你啊，乔粟。"

乔粟走过去,解开她的绳子,手法利落地绑了那三个黑衣男人。

夏蝉说话已经有些上气不接下气:"手法不错。"

乔粟想了想,这些都是季南舟教的。那个时候在洮水巷,短短的几个下午,季南舟好像教了她很多东西,开枪、擒拿、绑人。

乔粟拉起夏蝉:"我背你。"

夏蝉乖乖地趴在乔粟的背上,呼吸微弱:"乔粟,季南舟很可怜的……"

"嗯。"

"偷偷告诉你啊,他很久很久以前就喜欢你了。也许很多次,他差点儿死掉的时候,就是靠着要见你的信念活下来的,所以……"

"嗯,你要活下来,帮我看着季南舟,要是他看了别的女孩子你就告诉我。"

"好的……"夏蝉在乔粟背后咯咯地笑着,声音却越来越微弱。

不远处,顾承禹站在那里。

他慢慢地走过来,脚步声一步比一步沉重。

直到停在她们跟前,乔粟才发现顾承禹的目光,阴冷狠戾,他接过夏蝉,一句话也没有。

"顾……"

乔粟不记得他的名字。

顾承禹回过头:"季南舟还在,他让我带走你,可是我尊重你的选择。"

"我不走。"乔粟说。

"炸弹的数量比我想象的要多,只拆了一部分。东南边算得上是安全区域，如果来不及离岛的话，到那边去至少还能留住半条命。"

"谢谢。"

顾承禹没再多说什么，看了眼怀里的人，走了。

"嘭"的一声，惊起了山间的丛林鸟。

季南舟，我要跟你在一起。

乔粟顺着枪声的方向，迅速地跑去。

季南舟是在半路上碰见沈江维的。

一个已经疯了的人，所有的行为几乎都是靠潜意识的心理操控，解决起来其实并不麻烦。

只是，就跟僵尸头子带着一群难缠的小怪一样，沈江维身后也总有一群黑衣人协助。所以一个一个解决下来，季南舟多多少少也受了些伤。

宋续燃出现的时候，季南舟刚撂倒最后一个黑衣男人。

他揉了揉拳头，看着对面的人："这算是，终于正面交锋了？"

宋续燃脸上没有任何表情："季南舟。"

"是我。"

"不该是你的。"

他们两个人的身份是反的，所以现在他才应该是季南舟对不对？那样的话，他或许能早一些认识乔粟，是不是？宋续燃自嘲地笑了一声，他将全部错位的人生，归咎于宋家。

所以，宋家的人，都得死。

宋续燃始终忘不掉那段过往。

小时候，虽然家里不富裕，虽然他没有爸爸，可他与妈妈顾月娥两个人过得安稳平和。直到季南舟的母亲李菲找到他们，一切都变了。

妈妈告诉他，从今天开始他叫宋续燃，代替一个男孩子住在另一个家里，那里有昂贵的食物、漂亮的玩具，想要什么就有什么。只是他妈妈应该不知道，有关这些虚荣的代价，是宋之耀无休止的虐待、吊打。偏偏李菲还威胁他，如果偷偷跑回去，她就杀了他妈妈。

那个时候宋续燃还小，怕死，所以就这样默默地承受着一切。直到再长大一点儿，李菲也受不了这样的虐待，便将他妈妈骗到了这里。

精神失常的宋之耀就这样打死了他妈妈，并残忍地肢解了她。他妈妈消失了，谁也不知道。大家只当死的那个人是李菲，而李菲，趁机逃走后就再也没有回来过了。

那个时候的宋续燃就蹲在漆黑的柜子里看着这一切，他一声都没有吭。

也就是从那个时候开始，宋续燃没有再想过离开了。

占据他整个胸腔的，是复仇。

宋家是原罪，他一个都不会放过，而他失去的，他也会一一拿回来。

季南舟笑笑："你只知道你生活得不好，可是我的生活，说不定不如你呢？"

宋续燃看着他。

季南舟小时候身体弱，妈妈李菲怕他被打死，所以才想出来调包这个方法。她去乡村找了一个与他年纪差不多的，四五岁的孩子，反正，他爸整天神经病大概也没有认真看他的样子。

　　可是被送走的季南舟过得也不怎么好，虽然妈妈每个月都会定期给他生活费，但顾月娥大概是知道自己儿子在那边过得不怎么好，对季南舟也是各种冷眼虐待。

　　季南舟长到十岁，没有吃过一顿饱饭，身上大大小小的伤痕，数都数不清。

　　季南舟十二岁的时候被顾月娥赶了出去，当他偷偷跑回去的时候，发现顾月娥不见了。然后，那个家又因为一场火灾，烧得一点儿不剩。

　　他无家可归，到处流浪。

　　后来，他误打误撞进了部队，死里来活里去。

　　可宋续燃不知道这些，而他觉得宋续燃应该也没兴趣了解。

　　果然，宋续燃笑了笑："季南舟，我不需要知道你的事。"他内心不断膨胀的仇恨，在这一刻几近爆炸。

　　"那样只会提醒我，我原本的人生应该有多好，而现在又有多糟。"宋续燃缓缓举起手里的枪，"事到如今，我没什么别的意思，就是看不得你好过。"

　　"嘭"的一声，枪声惊起了林中鸟。

05

　　子弹打在季南舟的胳膊上，血疯狂地流出来。

　　却不是宋续燃开的枪。

季南舟笑了，像是嗜血的兽。

他回过头看着身后突然冒出来的男人，没想到宋之行居然会跟到这里。

宋之行将手里的枪偏离点儿方向，对准季南舟的胸口："好巧，都在呢。"

他又看向宋续燃："刚好，听你叫二叔也叫习惯了，既然季南舟这么冥顽不灵，那么不如一起杀了他怎么样？反正你要的是乔粟，我要的是宋家，杀了他，我们各取所需。"

季南舟笑了笑，似乎根本没在意现在是两支枪管同时对准自己。昨天他和宋之行谈崩后，就知道宋之行不会善罢甘休。

可他一点儿也不急，如果宋续燃不傻的话，自然明白宋之行杀了他之后下一步会做什么。

宋之行见宋续燃迟迟没有开口，似乎是有些急了："宋续燃，别以为我不知道你做的那些事，从何桉的案子开始，刺激陈弥生引起他的杀人欲望，再到沈江维。不得不承认，你心理学比飞行驾驶学得要好多了。控制别人杀掉自己想杀的人，不脏手又不犯事，你可真是难得的人才。"

陈弥生、沈江维，都是被宋续燃做过心理辅疗的人。所以，他能轻而易举地掌握他们杀人的临界点，甚至制造临界点激起他们杀人的欲望。

可是为什么要这么做呢？

宋续燃不记得了，眼前浮现乔粟的脸，也许从始至终他都只是为了让乔粟回到他身边而已。

尝遍所有的苦难,她自然会乖乖回到他的身边。

可是,乔粟怎么就这么不乖呢?

"宋续燃。"

宋续燃觉得自己好像真的听见了乔粟的声音。

季南舟似乎也有些意外,他凝眸看向声音传来的地方,只见乔粟双手握着枪,狠狠抵在宋之行的后腰处,眼睛却是看向他们这边。

乔粟又喊了声:"宋续燃。"

"粟粟,"宋续燃的手微微有些发抖,他似乎忘了自己做过什么,只是看着乔粟,"你怎么在这里?"

乔粟余光里看着季南舟受伤的胳膊,缓缓说道:"因为他在这里。"

宋续燃沉默了,嘴角渐渐漾开一丝苦笑:"粟粟,如果那个时候没有换,现在的我就是季南舟,会不会不一样?"

"不会。"乔粟压住试图反抗的宋之行,缓缓说道,"季南舟就是季南舟,任何人都代替不了。"

宋续燃笑了一声,重新举起手里的枪,对准季南舟:"如果我杀了他呢?"

"随便。"

"如果我杀了你呢?"

"大不了他和你同归于尽。"

宋续燃声音隐忍:"那是杀了你好,还是杀了他好?"

"他。"乔粟没有去看一旁的季南舟。

宋续燃的手渐渐用力,他问:"你会让他死吗?"

"他不会死,我爱他,也信他。"

他说了,我们死不了。
　　这一刻,季南舟忽然觉得死了也值得了。
　　下一刻,"嘭"的一声,枪响了。
　　季南舟闪过了宋续燃的子弹,迅速上前擒住宋续燃的手。
　　两人都是身手不凡,季南舟反手扣住宋续燃,想从他手里夺过枪。而宋续燃屈膝往上抬,撞上季南舟的小腹,闪躲的时间,两人已经纠缠在地上,谁都在夺那把枪。
　　季南舟没有杀掉宋续燃的意思,而宋续燃却执意要他死,只要稍稍对准他便试图扣动扳机。
　　两个男人的力量不相上下,而季南舟的胳膊还中了弹。

　　乔粟紧张地看着两人僵持的局面,而宋之行趁她分神的间隙,瞬间从她手下逃脱还将她按在地上。他的脚踩上她握着枪的手,然后狠狠地碾压。
　　宋之行将枪口对准正在打斗的两个人,他想他只要随便开一枪,不管打到谁他都赚到了。
　　宋之行脸上的笑越发狰狞放肆,可他准备扣动扳机的时候,乔粟挣扎着从地上爬起来,抱住他,朝山坡下滚去。
　　季南舟去看乔粟那边,却被宋续燃用枪管狠狠地敲破了头。
　　季南舟咬牙,手上的利刃狠狠地插在宋续燃的手臂上,眼神阴冷得可怕:"宋续燃,乔粟不想让你有事,所以我不动你。可是她现在要是有一点儿闪失,我一定毫不犹豫地杀了你。"
　　宋续燃这才恍惚着去看乔粟那边,但是人已经不见了。

季南舟从地上站起来,踉跄地朝着那边走过去,往下看,是一个很高的山坡,坡下是一片密林,天太黑,根本看不见下面的情况。

他回头看了眼宋续燃:"宋续燃,你要什么我都可以给你,只有她不行。"

季南舟说完,跑了下去。

宋续燃躺在地上,仿佛一瞬间被抽空了所有的力气,眼神空洞得可怕,像是死了一样。

不知道过了多久,他嘴角终于漫开一丝苦笑,要什么?

嚆,全世界都知道,除了她我什么都不想要。

06

季南舟找到乔粟的时候,她正靠在一棵树旁,她旁边是宋之行,像是晕过去了。

听到动静,乔粟缓缓地抬起头,脸上都是被蹭伤的痕迹,衣服裤子上泥泞不堪,甚至还有些干涸的血迹。

她很厉害,能撂倒宋之行,保护好自己。

季南舟两步走过去,将她拉进怀里抱住,久久说不出话来。

一路找过来的时候,他觉得自己的心跳似乎都要停了。直到终于看见她,胸腔才重新感受到心跳的存在。

"季南舟……"乔粟声音闷闷的。

季南舟应了一声,知道她想问什么。

"宋续燃没死,你也不准再见他……"

"那你放开我。"

"不放。"

"我喘不过气了。"

"习惯就好了。"

"不。"乔粟挣扎着。

季南舟松开一点儿,看着她漆亮的眼睛,毫不犹豫地吻上去。

"现在呢,喘得过气吗?"他问。

乔粟不说话了。

"要抱还是要亲,你选一个。"他又说。

乔粟妥协了,靠在季南舟的怀里,终于舒了口气。

上空直升机的声音伴着破晓的天色渐渐朝小岛靠近。

远处已经开始有爆炸声渐渐漫过来,乔粟愣了一下。

"跟我走。"季南舟一把拉起乔粟的手站起来,朝着某个方向跑去。

空气里到处都是熏人的硝烟味,而爆炸声也越来越近,乔粟忽然觉得,他们跑不过了。

"乔粟。"

季南舟停在一处悬崖边,往前是无尽的大海,往后是汹涌的浓烟。

对流的风吹过来,撩起乔粟脸上凌乱的发丝。

季南舟看着她:"要跳吗?"

乔粟说:"跳。"

他笑,揽住她的腰,在身后的爆炸响起来的那一刻,一起跳了下去。

浓烟袅袅,碎石滚落,刚刚还站着人的地方转眼已经坍塌。小岛在不断地塌陷，而在巨大的爆炸声中，还有螺旋桨破开风的声音。

烟雾里缓缓升起的直升机在透过云层的阳光下越来越清晰，渐渐地，可以看见直升机的底端，有一根长长的绳子。

季南舟一手抱着乔粟，一手抓着绳子，安然无恙。

他说的话，一定会算数。

乔粟问："你刚刚骗我？"

"没有。"季南舟忍着笑意。他们的确是跳了，只不过他抓住了绳子而已。

乔粟没说话，呼啸的风刮在脸上，她不自觉地抓紧季南舟的衣服。

季南舟笑了笑，搁在她腰间的手稍松。

乔粟吓了一跳："你是不是疯了？"

"没有。"尽管两人还吊在空中，季南舟却似乎很有兴致，"刚刚为什么会毫不犹豫地答应我？"

乔粟装失忆："不记得了。"

季南舟紧了紧抱住她的腰的手："说出来。"

"不说。"

"不说就把你丢下去。"

螺旋桨的声音将两个人的声音搅开了又合起来，断断续续地传入彼此的耳朵。他们飞在半空中，下面是沧海一片，头顶晴空万里，长风吹着云变幻莫测。

她忽然想起很久很久以前，在那棵合欢树下，季南舟躺在她旁边的草地上睡着了。那个下午她试图数完他的睫毛，最后却只是抬起头看天上的云，一层一层或者一片一片的，总是一会儿一个样，只有风，反反复复，周而复始。

最终的模样也是最初的模样，乔粟想，那大概都是爱你时的样子。

"说'我爱你'。"季南舟不死心。

乔粟双手环住他的腰，微微抬头，用最简单的方式堵住他的嘴："季南舟。"

季南舟舔舔唇瓣，留恋她唇齿间的柔软："嗯？"

"你很吵。也很爱你。"

"嘭"的几声连环巨响，盖过了季南舟的耳语。乔粟没听清他说什么，回头看去，小岛爆炸，浓烟蒸腾而起，一转眼又被风吹散。

乔粟想，没什么好说的，他们没有死，所以还有一生的时间，慢慢地说"我爱你"……

——全文完——

番外一

三二一，你愿意吗？

乔粟没想到，第一次出国居然是去阿尔伯克基。她以为最起码也是去哈萨克斯坦、叙利亚之类的国家。

毕竟他曾经在那里待过，况且现在不是正流行"把你走过的路再走一遍，看看那些让你想起我的风景"之类的吗？

虽然乔粟觉得这些有些矫情过头了，可是说实话，她还挺想去的。

季南舟坐在她的旁边，拉下舷窗的挡风帘，一眼就看穿她的心思，淡淡地说出两个字："不去。"

"那正好……"话音未落，却被忽然盖过来的毯子挡住了全部的视线，眼前的人变成半透明，剪影的轮廓在阳光下像是蒙上了一层绒绒的光尘。

季南舟慵懒的声音落下来："是挺好的。"

那个地方不用再回去了，也不用担心离开一阵子就被某个没良心的姑娘忘得一干二净。

乔粟索性躺下来，闭上眼睛睡觉之前又说了两个字："无聊。"

乔粟完全清醒的时候，已经到酒店了。
季南舟正将她从车子里抱出来，感觉怀里的人动了动。
"醒了？"
"放我下来。"
季南舟不放："从机场抱了你一路你都没说，现在晚了。"
"季南舟，"乔粟的声音透着隐隐的威胁，"放我下来。"
季南舟忽然扬起一丝笑。
三，二，一……
在乔粟屈肘准备顶他的时候，他松了手。
乔粟稳稳地落在地上，手却扑了个空，被季南舟顺势握住。
不甘心。
季南舟回过头，嘴角笑意不减："乔粟，你有没有发现，在你做出决定的时候，总是会在心里默数'三二一'？"
乔粟想了想，是吗？
无所谓。
她跟在季南舟后面看他办完手续，拿过他手里的房卡，双手插在口袋里径直往前走。进房间之后，她落上所有的锁，还在门后装上千斤顶，防止季南舟又撬锁。
果然，季南舟推了两下门："开门。"
"我困了，要睡觉。"
"我可不是千里迢迢带你来这里睡觉的。"季南舟想了想，又补充道,"至少不是让你一个人睡。"

"闭嘴。"

季南舟果然闭了嘴。

外面一点儿声音都没有了。

乔粟看着棕褐色的门,硬生生地忍住了想走过去听听外面动静的冲动。她脱了鞋躺在床上,默默决定,季南舟再喊一声,她就真的开门了。

乔粟被自己的想法吓了一跳,她到底从什么时候开始,这么纵容他了?

难道想要的多了,妥协的也多了?

她皱着眉,死不承认这就是自己。

这是季南舟特意安排的房间,她抬眼便是透明的落地窗,风吹着帘子像是风在轻柔地呼吸。外面一整片澄澈的天空,与绵延不尽的嫩绿色的草甸在远方交汇,看不见尽头。

"季南舟。"乔粟觉得他肯定是在外面的,于是情不自禁地喊了他的名字,可是并没有听见他的声音。

外面像浪一样拍过来的,是人群疯狂的呼喊声。乔粟听不懂他们的语言,却能听清楚那些人语气里的焦灼,好像在说:"快跑!"

乔粟皱着眉,季南舟是不是又疯了?

她走到阳台,往下看去,黑压压的一群人像是开了闸的洪水,从酒店大门争相拥出来。甚至还有人面色惊恐地朝她挥手,意思大概是:"快走啊,你怎么还在那里?是不是找死?"

相比之下,她要淡定多了。

她在这里很奇怪吗？乔粟觉得，就算是待会儿有颗原子弹投过来她应该也不怎么怕，因为他也在这里。

因为知道他在这里，所以她无所畏惧。

从一开始就是这样的。

乔粟侧过头，看着从旁边缓缓升起来的红色热气球，下一刻，她就看见了季南舟，他站在热气球上，刚好在与她平行的位置。背后是蓝天白云，包揽这世间万物，无穷无尽。而眼前就一个他，仅此而已。

"你疯了？"乔粟问。

"没办法。"她不肯出来，他也只能换点儿花样把她逼出来了。虽然是夏婵想的馊主意，不过效果还不错。

季南舟朝她伸手："你这个时候是不是应该过来？"

乔粟偏头："为什么？"

"不然等我过去抱你？"

"不用。"乔粟走过去，季南舟的小把戏她应该已经猜到了八成，她撑着阳台的玻璃护栏利落地跃进热气球的吊篮里。

热气球迅速上升，甚至能听见划开风的声音。与此同时，地面上早早就准备好的其他热气球像是收到了某种命令，缓慢升起，在这广阔大地之间像是被风吹散的草籽，漫天飞扬。

乔粟不屑："就这样？"

"就这样了。"季南舟承认，毫无羞耻之意，"群众是从顾承禹那儿借来的人，三千个热气球是租的，刚好是阿尔伯克基一年一度的热气球节，至于这办法……是夏婵想出来的。"

"那关你什么事？"乔粟问。

"当然有关，"季南舟想了想，很认真地看着她，"我是来求婚的。"

尽管觉得很没诚意，乔粟还是愣了一下："哦，跟谁？"

"乔粟。"

"哦，她不是很情愿。"乔粟移开目光，看着周围渐渐围上来的红色热气球，地面的一切慢慢变小。

一切都在远离，除了他，一直在这里。

季南舟笑了一声，顺着她的视线看过去："本来这辈子没打算爱上什么人，可见她的第一眼就觉得自己这辈子完了，我没办法阻止自己爱她，也没办法不娶她。所以这么多年反反复复地出现在她身边，等她三番五次地对我说一见钟情，还是等不及了。"

乔粟听见胸腔里漏掉的一拍心跳，又问他："那你相信一见钟情吗？"

"记性呢？"季南舟没有回答。

乔粟以为他不会说了，却听见他的声音随风缭绕在耳边——

"乔粟，也许我们之间还有一万种相遇的可能，不管在哪一种相遇里，我大抵都会爱上你。"

就算我不是季南舟，你不是乔粟。

可我爱你是这个瞬息万变的世界里，亘古不变的真理。

所以，我相信一见钟情，也相信我总会爱上你。

"是吗？"乔粟没来得及理清心跳的频率，下一刻却被热气球上忽然飞过来的长丝布遮住了眼睛。

乔粟皱眉，伸手去掀，没看清他嘴角的笑意，却先被堵住了唇。

季南舟吻着她，温柔缱绻，直到他的气息一点点地将她包裹缠绕，她心底的那些动荡的情绪才终于尘埃落定。

　　没什么不好承认的，她喜欢他，一见钟情。

　　末了，季南舟留给她一些喘息的空间，抵着她的额头，又问："乔粟小姐，要不要嫁给我？"

　　忽然，"嘭"的一声，周围红色的热气球次第熄灭，然后忽然炸开，随即是漫天绚烂的白日焰火，看不清颜色，却一阵接着一阵炸得热闹，季南舟莫名其妙，乔粟也觉得神经病。

　　只有地上的夏婵笑得不能自持，他们一定很开心吧！这是属于她的祝福，给季南舟和乔粟的。

　　可是季南舟并不怎么开心，太吵了，所以他始终没有亲耳听到乔粟说出那个字。

　　"要不要嫁给我？"

　　要。

　　可惜，他没听见。

　　不过无所谓，乔粟做决定的时候，永远会数三秒。

　　而这三秒，是乔粟对季南舟的妥协。

　　三秒过后，看着季南舟的她，永远会说好。

　　所以很久很久以后，某个刚上幼儿园的小朋友听同班小朋友讲，自己的爸爸是在水里跟妈妈告白的，然后在水里求婚，觉得很厉害。

　　于是小朋友回去问妈妈："妈妈，爸爸是在哪里跟你表白的？"

　　妈妈很烦，随口说："天上。"

天啊，好厉害！小朋友内心膨胀，暗自窃喜，又问："那他是在哪里跟你求婚的？"

"天上。"

"真的吗？"

"爱信不信。"妈妈仔细想过了，的确是这样。

最后一个问题，小朋友支支吾吾："那我……是在哪里出现的呢？"

妈妈终于忍不住，皱着眉头怀疑小朋友是不是疯了？爸爸却幽幽地走过来，似笑非笑："天上也不错，下次可以试试？"

> 番外二
>
> 简单点儿，爱我

乔粟有一个飞机纸模，1:50 的直升机，做了好些年，用最普通的牛皮纸，还原飞机最精密的零件。精致到驾驶舱的表盘、座位下的应急设备，甚至是起落架上的一个轴承。

季南舟在洑水巷见到她的那一年就看见了，到现在差不多已经完成了。

乔粟说，这是她第一次意识到过生日是需要仪式感的时候，决定送给自己的礼物。

季南舟笑："那现在想要什么？"

乔粟从一堆精密的纸模部件中抬起头："随便。"

于是，季南舟变戏法一样不知道从哪里拿出一本书，乔粟看了一眼，《禅与摩托车维修艺术》。

她终于停下来："你什么意思？"

季南舟笑得意味不明："生日礼物。"

生日礼物？乔粟莫名其妙，忽然想起来，从季南舟故意拆了她的机车开始，她就开始和他纠缠不清了。

"你觉得，我修车的技术不好？"

季南舟发誓没有，可是乔粟已经来了兴致："不如我们比比。"

"嗯？"

"就比组装机车。"乔粟说。

她大概也只是通知一下季南舟，并不是在征询他的同意，所以他看着大门口两堆废弃材料一样的东西的时候，有些哭笑不得："乔粟，我觉得我们干点儿别的应该更开心。"

"不干。"乔粟说着，已经开始动了起来，季南舟无奈。

最后是季南舟输了，他拍了拍手。

乔粟语气很认真："你输了。"

"所以，你要奖励还是惩罚我？"季南舟问得一本正经。

乔粟不想理他，明明很容易看出来，季南舟很不专注，好像只是在开玩笑而已。

"好吧，我承认。"季南舟摊手，"不过，你以为是谁让我分心的？"

乔粟偏头："关我什么事？"

季南舟笑："你会不知道跟你在一起我没法专注？"

"会。"

"不过也有例外。"季南舟说得意味深长。

乔粟似乎想到什么，故作镇定。

可是季南舟还是身体力行地向她展示了自己很专注的一面，她脸红地咬着嘴唇侧过头，尽量不让自己现在的样子映在月光下。

季南舟俯在她耳边，声音低沉沙哑："专心点儿。"

乔粟很长一段时间再没法专心做什么事，生日前夕，她一气之下将季南舟送的书化成了纸浆。

季南舟笑得无奈："好歹算是我第一次送礼物给你。"

"不算。"

"那你想要什么？"

乔粟想也没想，脱口而出："飞机。"

她真的只是说说而已，可是第二天出门的时候，却被吓了一跳，她目光淡淡地看着面前的直升机，季南舟将护目镜很随意地挂在脖子上："兜风去？"

乔粟走过去，一脚踢在直升机上。

"我现在不想要飞机了，我要坦克。"

"你还别说，要不是弄不到坦克行驶证，我还真敢开着坦克带你兜风。"

乔粟偏头看他，坐上直升机的时候才发现，这个和她的飞机模型，从整体构造到细节都是一样的。

季南舟问她："看出什么了？"

"没有。"乔粟不肯承认自己心里此刻的悸动，尤其是机身上的标志——JQ？奸情？

她问："夏婵弄的？"

季南舟似乎也注意到了这两个字母，好像并没有察觉到什么不妥："她应该只负责了这个标志。"

乔粟没有再说什么，听着耳边螺旋桨的声音，看着旁边季南舟认真而专注的侧脸。

直升机最后降落在一座小岛上，海浪拍打着岸边的礁石，激起白色的浪花。风吹着树叶摇摇晃晃，细白的沙子上抖落了满地的白光。

空气忽然安静了。

季南舟问："看够了？"

"还没有。"乔粟镇定自若，季南舟嘴角扬着笑意，俯身去吻了吻她的唇，抵着她的额头，呼吸交错，"这样呢？"

乔粟很认真地看着他："你觉得呢？季南舟，我可能也有点儿膨胀了。"

"我以前没什么想要的，活着或是死了，没什么两样，甚至想着那架模型做好了就一把火全部烧了，包括我自己，可是现在好像不一样了。"她顿了顿，"现在想要的东西特别多，多到可能一辈子也要不完……"

"你看，我明明一向视死如归，却忽然渴望长命百岁。"乔粟说，"季南舟，这都怪你。"

季南舟笑，将她揽进怀里，揉着她柔软的头发："怪我，所以我一辈子都会在你身边，你要的我都给。可你什么时候能学会把这些话浓缩成简单的几个字呢?"

"什么?"

季南舟说:"简单来说,我爱你。"

立刻关注小花阅读官方微信

《此去共浮生》
晏生 / 著

6万字免费读

扫一扫，关注大鱼小花阅读

小花阅读【春风十里系列】系列 03

一个恨她，家破人亡的恨，可却怕她会和他一样没有了家。
一个念她，看透浮生却想与她共度白首。

青 春 是 一 场 刻 骨 的 伤

我到过天堂，也去过地狱
却最想留在你身边，白头到老

有爱内容简读

"我们很久没见，却突然遇见了，好像在做梦。"
顾屿朝她张开双手，说："所以，你要不要……抱一下？"
米沉错愕，那个拥抱已经不可抗拒地包裹住她。毛衣上淡淡的好闻的味道，瞬间让她联想到雪后的青松，干净而有些凛冽。

他说："重新自我介绍一下。我叫顾屿，不久前刚满二十二，找一个下落不明的人找了四年，她叫米沉。"

他说："我在国内读了两年大学，后来听见风声，我要找的人去了多伦多，于是跑去那边的大学做交流生，最近才回国。"

他说："米沉，你可能不知道，我暗恋了你一个青春，而你欠我一场告别。"

图书在版编目（CIP）数据

深爱如长风 / 打伞的蘑菇著. -- 石家庄：花山文艺出版社，2017.3（2020.1重印）
 ISBN 978-7-5511-0213-1

Ⅰ.①深… Ⅱ.①打… Ⅲ.①长篇小说－中国－当代 Ⅳ.①I247.5

中国版本图书馆CIP数据核字（2016）第308030号

书　　　名：	深爱如长风
著　　　者：	打伞的蘑菇
策划统筹：	张采鑫
特约编辑：	雁　痕
责任编辑：	董　舸
责任校对：	齐　欣
封面设计：	刘　艳
内文设计：	米　籽
美术编辑：	许宝坤
出版发行：	花山文艺出版社（邮政编码：050061）
	（河北省石家庄市友谊北大街330号）
销售热线：	0311-88643221/29/35/26
传　　真：	0311-88643225
印　　刷：	三河市华东印刷有限公司
经　　销：	新华书店
开　　本：	880×1230　1/32
印　　张：	9
字　　数：	199千字
版　　次：	2017年4月第1版
	2020年1月第2次印刷
书　　号：	ISBN 978-7-5511-0213-1
定　　价：	39.80元

（版权所有　翻印必究·印装有误　负责调换）